LE
DOMINICAIN.

LE DOMINICAIN,

OU

LES CRIMES DE L'INTOLÉRANCE,

ET LES EFFETS

DU CÉLIBAT RELIGIEUX.

Tantum Religio potuit suadere malorum?....

PAR T......e.

TOME SECOND.

A PARIS,

Chez { PIGOREAU, libraire, place Saint-Germain-l'Auxerrois, n° 28.
RENARD, libraire, rue Caumartin, n° 750.

AN XI. — 1803.

LE DOMINICAIN.

CHAPITRE XVIII.

Visite des deux amis au lord Parcley. — Tableau de famille.

GLORITZ voulant maintenir Hémandel dans la haute idée qu'il a conçue du peuple anglais, le conduit chez un jeune lord, heureux depuis huit ans, écoulés dans les douceurs de cette réciprocité intime de confiance et d'amour que produisent seulement les unions bien assorties. Milord Parcley les accueille avec une noble franchise. Son épouse, âgée d'environ vingt-huit ans, avait, comme la plupart des dames anglaises, les proportions les plus belles, une taille svelte, la peau d'une admirable finesse, des traits réguliers, quelque chose de grave et de sérieux dans la physionomie. Quoique élégamment habillée, ses blonds cheveux ne disparaissaient point sous la poudre; mais ils étaient contenus par un joli chapeau entouré de rubans, orné de plumes et posé avec un art enchanteur que les modistes des autres nations n'imitent qu'imparfaitement. Le lys de ses joues ne devait pas un éclat de couleur purpurine au rouge de l'effronterie. Elle allaitait un enfant de quatorze mois, qui paraissait en avoir le double, et aspirait le suc de la vie au plus beau sein qu'on puisse voir, que sa mère cachait sans affectation, et que le petit lutin découvrait et caressait tour-à-tour de ses mains innocentes. Plus loin, dans une baignoire de marbre, remplie d'eau qui avait été exposée pendant une heure à la chaleur du soleil, se jouaient deux autres enfans dont le rire bruyant interrompait quelquefois la conversation, mais n'arrachait jamais aux parens un murmure d'impatience. Pour mettre fin à leurs espiégleries, la maman observa qu'on ne s'entendait pas, et ils se tinrent tranquilles; mais bientôt ils recommencèrent.... Milord Parcley leur dit: *Sortez...*; ils obéirent sur-le-champ, sans se plaindre, sans pleurer, mais avec une grande soumission. A leur âge, on ne s'habille pas plus vîte pour aller jouer, qu'ils ne l'avaient fait dans la crainte d'accroître la faute déja commise, dont ils se repentaient sincèrement, comme il arrive toujours quand les chefs de famille ne font pas de l'autorité du sang la plus insupportable des tyrannies.

On s'entretenait de l'évasion du père Géréon, qui avait exercé un tel empire sur l'esprit de son confesseur, que celui-ci, bien loin de conserver quelque ressentiment contre le fugitif, se réjouissait de son heureuse entreprise, et le regardait comme spécialement protégé par le dieu des miséricordes.

La crédulité de ce bon vieux homme, dit milady Parcley, exclut le soupçon de fourberie.... Le magistrat l'a renvoyé dans son cloître, où il serait à désirer qu'il n'y eût que des reclus de son âge; on ne verrait plus dans le monde de ces scènes funestes qui alarment la vertu, désunissent les familles, occasionnent toutes sortes de maux, dont le moindre n'est certainement pas l'irreligion qui en résulte.

Madame, réplique Georges, il me semble que cette irreligion que vous redoutez, serait un préservatif efficace de tous les maux qui découlent de l'établissement des monastères. On ne trouve ni couvent, ni prostitution, ni viol, ni adultère, dans les pays où l'homme adore sa femme, chérit ses enfans, vénère les auteurs de ses jours, respecte les magistrats, obéit aux lois, affectionne ses concitoyens et sert sa patrie, sans les exhortations d'un prêtre et le secours de systêmes religieux qui sont l'ouvrage de quelques êtres atrabilaires plus dangereux à l'humanité que les impies qu'ils anathématisent.

— Parcley, milord, vous developpera ma pensée, qui est la sienne; car mon père, dont les lumières et la sagesse sont connues, défendait à mes sœurs et à moi d'approfondir semblable matière. Il prétend qu'une femme ne devant former qu'un corps et qu'une ame avec son époux, le dieu de son mari doit être l'objet de son culte, et que tout sentiment pieux, tout dogme de religion, comme toute opinion politique, ne sauraient lui être communiqués sans danger par tout autre que l'amant choisi pour supporter avec elle les peines du mariage et en partager les plaisirs.

— Ma femme ne craint pas l'irreligion des bons cœurs, c'est-à-dire celle qui est le résultat d'observations mûries dans le silence du cabinet, et d'études profondes qui, calmant les passions ou leur donnant une direction éclairée, affranchissent l'homme du besoin de cette croyance, mère de l'ordre et de l'équité, dont elle assure l'empire par l'admission d'un Dieu rémunérateur et vengeur. C'est l'incrédulité des esprits pervers, dont elle déteste la propagation; cette irreligion que l'on professe parmi les libertins, qui se fortifie dans la débauche, s'enhardit par les exemples contagieux, ne se soutient que par la fièvre des vices ou le délire du crime, rend l'individu accablé d'une maladie grave aussi tremblant que la feuille agitée par le vent, n'a jamais suspendu l'exercice d'un culte approprié à notre faiblesse, que pour précipiter les vieux dissolus et les scélérats mourans dans les terreurs insensées de la superstition et souvent même dans les tourmens d'un désespoir indicible. Voilà l'espèce d'irreligion qu'enfante le déréglement des cénobites, et que ma douce amie improuve. Elle ne voit pas du même œil celle du physicien, de l'astronome, du voyageur, du savant, parce qu'elle tend aux progrès des connaissances humaines, auxquelles se lient et le bonheur de l'homme civilisé et la civilisation du sauvage, qui est moins malheureux que le sujet d'un despote, mais qui serait beaucoup mieux s'il quittait le cocotier sous lequel il n'est point à l'abri des rayons brûlans du soleil, pour vivre à l'ombre de lois dictées par la sagesse.

Gloritz ne se permit plus que ces mots : Nos opinions s'accordent parfaitement, milord; l'ignorance et la dépravation conservent les ordres religieux (31); j'en désire la suppression; donc l'impiété qui a ces deux sources pour principe, n'est pas celle que j'ai entendu défendre contre les attaques de la beauté et de la vertu.

Adolphe ajouta : Les vœux monastiques sont aussi contraires à l'esprit des saintes écritures, que l'incrédulité me paraît opposée à la saine morale, qui est la théorie de toutes les vertus. Cet avis prévalut, et l'on se sépara en se donnant les témoignages de la plus haute estime.

CHAPITRE XIX.

Géréon cherche un asile chez madame Fisher, l'une de ses pénitentes. — Comment il est forcé de quitter cette maison.

GÉRÉON, échappé de sa prison, se rend dans la Cité, chez Ambroise Fisher, ébéniste, assez avancé en âge, d'une grande piété, époux sans jalousie d'une brune piquante, dont le moine était le confesseur depuis ses premières amours. Il leur raconte avec artifice les aventures qui ont donné lieu à son jugement, et fait un tableau enchanté du prétendu songe dans lequel son confrère lui est apparu entouré d'anges et assis sur un banc de roses. L'artisan, attendri au récit fallacieux du solitaire, ne néglige rien pour bannir le chagrin de son ame affaissée sous le poids du malheur. La jeune Hyacinthe, sa femme, le reçoit avec un agréable sourire; le petit chien le caresse; on prend quelques rafraîchissemens; on se dit des choses flatteuses.

L'union des époux n'a jamais été aussi parfaite. Dans l'absence du mari, le moine est aux petits soins auprès de sa pénitente; l'époux présent, on ne s'entretient plus que du martyrologe, de la corruption du siècle et du bonheur d'une autre vie. On passe ainsi plusieurs jours sans la moindre altération. Le vendredi suivant, on oublia de couvrir le feu, Lindor alla s'y coucher, et, s'étant sans doute brûlé, il sauta sur une chaise que consuma un charbon resté adhérent à son poil. Cet accident se fit connaître par des tourbillons de fumée épaisse sortie des embrasures de la porte et des fenêtres de la cuisine. Le crieur de nuit (32) en instruisit le public avec sa crécelle. On ne savait à quel saint se recommander; le malheureux ascète allait être reconnu, saisi, emprisonné, livré au *hang-mann* (33). Fisher se désolait, Hyacinthe voulait qu'il prît un parti, et le moine tremblait; on frappait à enfoncer la porte. Le cénobite dit alors : *Il ne me reste qu'une ressource, c'est de m'abandonner à la barbarie sacrilège des ennemis de la foi, ou de me coucher à côté de votre épouse, que l'on ne soupçonnera point de cette générosité; mais j'hésiterai à y prendre place.* Ambroise exigea qu'il le fît, et sa femme s'approcha de lui, afin qu'il ne fût point aperçu. Le vent chassait les flammes sur la maison voisine; le bon ébéniste travailla toute la nuit, pour en arrêter les progrès. Mistriss Fisher se tournait en cent façons, dans la crainte de gêner le religieux, et celui-ci la serrait dans ses bras pour la rassurer. Leurs haleines les échauffèrent; Géréon hasarda un baiser qui déplut et fut suivi d'un second qu'on souffrit, d'un troisième plus voluptueux qui arracha un soupir; la gorge fut caressée et faiblement défendue; les mains s'égarèrent, se perdirent...., et Hyacinthe n'eut ni le temps, ni la force de prévenir sa défaite.... Après l'effervescence de ce premier moment, elle versa des larmes, appela son mari, qui ne l'entendit point, et voulut s'éloigner; mais l'adultère la retint fortement. Elle se débattit long-temps et le menaça d'instruire Ambroise du crime commis pendant l'incendie. Le moine employa les caresses pour la calmer, et ne fit que l'aigrir davantage; il eut recours aux prières, aux éloges et produisit peu d'effet. Les remords, les soupirs, les larmes, les sanglots de l'infidèle rallumèrent dans l'ame du cénobite les désirs de l'impudicité....; il profana de nouveau sa pénitente, qui, ne gardant plus de mesure, le traita d'infâme, de suborneur, de scélérat.... Ces injures le mirent en fureur....; il l'épouvanta, en lui rappelant les faveurs accordées à ses amans.... Ces pénibles souvenirs abattirent son courage; elle n'osa plus opposer de résistance, et le solitaire assouvit encore sa passion dans les bras de cette infortunée; mais, n'ayant aucun obstacle à vaincre, il ne trouva plus un plaisir bien vif à la souiller de ses approches luxurieuses... Elle dut la tranquillité dans laquelle il la laissa ensuite au droit révoltant que ses premières fautes semblaient donner au père Géréon, de lui faire partager le crime qui est, aux yeux de toute société où l'on respire l'amour de l'ordre et des vertus privées, le plus grand que l'on puisse consommer, quand on vit sous les lois imposantes et sacrées du mariage civil et religieux.

Vers les cinq heures du matin, l'ébéniste rentra. En l'entendant poser la clef dans la serrure, Hyacinthe frissonna et repoussa le moine avec horreur. Il descendit du lit et engagea son hôte à le remplacer aussi-tôt. « Venez, monsieur Fisher, dit-il, votre petite amie n'a pas fermé l'œil un seul instant; elle voulait se lever, prétendait que vous alliez périr et arrosait votre couche des larmes cuisantes de l'anxiété.

» Dieu vous prenne tous deux en sa sainte et digne garde!.... Adieu. »

Retiré dans sa chambre, Géréon réfléchit aux dangers qu'il y avait à rester plus long-temps dans une maison dont le séjour lui serait à l'avenir désagréable et peut-être fatal. Puis se rassurant, il se reprochait ses craintes comme ne devant appartenir qu'aux esprits faibles, qu'aux têtes mal organisées, qu'aux hommes pusillanimes... Où irait Géréon, continuait-il, sans avoir des freins à briser, des périls à affronter, des préjugés à s'assujettir, des lois à fouler aux pieds, des femmes capricieuses à réprimer et des circonstances funestes à faire servir au développement de ses facultés intellectuelles, au triomphe de sa raison et au détriment de ses ennemis naturels : la société et ses mœurs? qu'ai-je d'ailleurs à tromper ou à confondre ici?.... Un vieil imbécile que sa crédulité et son fanatisme soumettent à mes volontés, une petite prude qui n'a qu'avec moi la fureur d'être sage, et que je puis rendre odieuse à son époux par la révélation de sa conduite passée... Sot personnage, femme imprudente, soyez plutôt les objets de ma pitié que les victimes de mon courroux!....

Toute la journée suivante, mistriss Fisher se plaignit d'un grand mal de tête, mangea peu, eut un léger mouvement fébril et ne se leva point. Ambroise en paraissait affligé; mais le moine le dissipa, l'amusa, le consola. Elle reprit bientôt son train de vie ordinaire, sans cependant recouvrer cette gaieté folâtre qui est le témoignage d'une bonne conscience chez toutes les personnes dont le cœur n'est pas entièrement gangréné.

Obligé de reporter son ouvrage, l'ébéniste sortait souvent. Alors, le cénobite essayait de familiariser sa pénitente avec la pensée du crime, sachant bien que l'on ne parvient point à l'ame avant d'avoir corrompu les sens, qui en sont les gardiens.

— Hyacinthe, quel forfait avez-vous donc commis?... pourquoi cette tristesse?... n'est-ce pas la nature, ou, si vous l'aimez mieux, la divinité, qui nous a inspiré cet amour subit que nous avons si délicieusement satisfait? N'est-elle pas un coup du ciel, cette heureuse circonstance qui a forcé Fisher à me jeter sur votre sein plus blanc que l'albâtre, plus frais que l'aurore, plus dur que le granit? serait-il donc mensonger, le proverbe qui dit que *l'ennemi des plaisirs l'est aussi du dieu qui les donne?....*

— Fuyez une malheureuse que vous avez déshonorée...., ne restez pas plus long-temps chez un citoyen qui a le courage de vous abriter contre la trop juste vengeance des lois, et que vous... ou si vous êtes inaccessible aux remords et sourd à la voix de l'honneur, ne cherchez pas du moins à dégrader à ses propres yeux celle que vous avez rendue coupable d'une faute qui provoque le mépris des hommes, et que l'Etre-suprême punit rigoureusement.

— Aimable Fisher, le déshonneur

est une tache que l'opinion imprime à la réputation de quiconque a blessé ostensiblement les usages reçus. Nos voluptés ont été secrètes ; elles n'ont offensé les regards d'aucun témoin indiscret. Ils n'est donc pas possible que vous soyez marquée du sceau de la réprobation publique. Le souvenir même, je ne crains pas de l'affirmer, vous en plairait si vous n'en altériez pas le charme par d'importunes syndérèses. Je ne saurais fuir la beauté dont les appas me rappellent la plus charmante nuit que j'aie jamais passée.... La trahison est une promesse exprimée ou tacite, effectuée en sens inverse : elle nuit essentiellement au prochain.... ; je n'ai pas violé ma parole envers Ambroise.... ; il ne souffre de ma part aucun dommage.... ; je sens qu'il m'est plus cher depuis que je vous aime éperduement.... ; il n'y a pas une seule apparence de méchanceté dans ma conduite, que vous blâmez avez tant de sévérité.... ; si vous êtes vile à vos propres yeux, ceci dépend absolument de vos fausses notions sur les actes dignes d'éloges, indifférens ou condamnables.... Pensez comme moi, et vous vous trouverez exempte d'opprobre.... Il est donc à votre disposition de vous croire immaculée, où de vous reprocher éternellement le plus doux, le plus naturel et le plus innocent des plaisirs.... Quant au *père des hommes*, rien ne le colère moins que les amusemens de ses enfans ; il les sait trop malheureux sur cette terre maudite, pour se fâcher et s'irriter à la vue de leurs jouissances éphémères... ; c'est le scandale qu'il réprouve, et nous avons joui dans les ombres du mystère et de la nuit.... Ma chère enfant, dans tout le monde chrétien, on s'embarque sur la mer orageuse des passions avec cette boussole : *Tout péché ignoré est à moitié pardonné....*; encore *à moitié* ne se rencontre-t-il là que dans le dessein d'arrêter ce peuple stupide, qu'un mot de plus ou de moins, placé dans un adage, rend bon ou méchant, heureux ou malheureux.

— J'ai juré fidélité à mon mari; ce vœu a été formé sans contrainte; je ne remplis pas mon serment...., je suis donc parjure, et le parjure est odieux aux hommes et irrémissible au tribunal de la divinité....

— Si vous m'aviez fait ce raisonnement au moment où je m'égarais dans vos bras, je me serais efforcé de résister à la violence des désirs dont vous étiez l'objet chéri; mais c'est en vain que l'on parle le froid langage du devoir à un amant enivré à la coupe des voluptés.... Vous ne me ramènerez plus à l'état de sécurité dans lequel j'étais en entrant dans votre maison. Mon ardeur passionnée est l'ouvrage de la séduction de vos charmes, que vous m'avez abandonnés ; et c'est vous, cruelle, qui m'en accusez sans pitié!... Les yeux du moine étaient enflammés de luxure ; il espérait tromper plus surement la jeune femme, en paraissant vaincu par elle, en cessant de heurter ses principes de morale et de religion.... Dès qu'il croit avoir assez caressé son amour-propre, il s'approche d'elle, la saisit par le jupon, veut la renverser sur un fauteuil ; mais elle lui échappe et s'écrie : « Sors de chez moi, monstre, ou je te livre aux tribunaux, si mon époux ne te chasse point d'ici, à la prière instante que je vais lui en faire à son retour. » Cette menace ne laissa au cénobite aucun espoir, et le ton avec lequel elle l'articula lui faisant croire que déja elle avait pu le dénoncer, il la conjura de ne point le perdre, et sortit sur-le-champ.

A peine Fisher fut-il rentré, qu'il fit à sa femme mille questions sur le départ précipité de son confesseur. Elle ne pouvait lui dire la vérité, et plus elle mettait de réserve dans ses réponses, plus Ambroise redoublait d'instance et de curiosité. Voulant enfin calmer les inquiétudes de son mari, elle déclara que le père Géréon venait de lui tenir des discours propres à le faire regarder comme l'auteur des forfaits dont il était accusé ; qu'elle l'avait prévenu que son époux en serait informé, et qu'aussitôt il avait fui; qu'elle se refusait à inculper davantage un ministre du Seigneur, tout indigne qu'il était du sacré caractère dont la prêtrise l'avait revêtu.

Ambroise se tut, embrassa Hyacinthe, la crut plus respectable que la chaste Lucrèce, et vécut plus heureusement qu'il ne l'avait encore fait.

CHAPITRE XX.

Du mariage. — Plaisirs purs des époux. — Avantages et peines attachés à l'union conjugale. — Entretien intéressant de Georges et d'Adolphe à ce sujet.

L'IMAGE de milady Parcley nourrissant son fils, et les jeux innocens des petits baigneurs, avaient ouvert l'ame d'Hémandel aux plus douces pensées. A présent, disait-il à Gloritz, je conçois que si l'on jouit en adorant une vierge dont on est aimé tendrement, le bonheur n'habite du moins que sous le toit conjugal. Avoir toujours auprès de soi l'objet de ses plus chères affections; l'entretenir, pendant le jour, de choses utiles ou agréables;

recevoir ses caresses durant la nuit ; lui transmettre le plaisir avec le germe d'un autre soi-même ; saisir dans les regards d'une épouse languissante d'amour les preuves de sa fécondité ; suivre de l'œil et du tact l'accroissement d'un sein où s'élabore la nourriture d'un nouvel être attendu avec l'impatience de la paternité ; surprendre son amie dans des agitations occasionnées par les secousses de l'enfant dont elle sera bientôt mère ; abandonner une main impatiente d'agir, à sa femme sensible, qui la pose avec délices et l'appuie légèrement sur les aspérités mouvantes formées par les élancemens de la petite créature à laquelle on prête déja les traits du visage dont on est épris : voilà les seuls modes du plaisir qui puissent composer la félicité (*).

(*) *Non in caro nidore voluptas summa, sed in te ipso est.* Hor.

Georges, qu'il est pur, qu'il est digne d'envie, cet état d'acquiescement continu, aux façons de sentir et d'exister, qui sont bien sans doute les plus délicieuses et les plus conformes à la nature !....

— Rien de plus ravissant assurément, quand sur-tout on vit dans mon pays, si décrié à cause de son luxe et du libertinage des jeunes gens, où l'on ne voit néanmoins que très-peu d'adultères. En France, où l'époux doute sans cesse si les enfans de sa femme sont les siens, je ne pense pas que ces jouissances produisent des sensations aussi vives.

Les dames anglaises, occupées des soins de leur ménage, empressées à mériter par leur amabilité l'empire que la nature et la loi donnent aux hommes, enorgueillies d'allaiter leurs enfans, plus jalouses de captiver les hommages de l'estime que d'obtenir les complimens frivoles de la cajolerie; nos belles insulaires, dis-je, par cette conduite si opposée à celle des dames Françaises, fixent l'attachement de leurs maris et assurent une santé robuste à leurs enfans.... On les respecte, parce qu'il existe peu d'êtres assez dissolus pour faire de flétrissantes propositions à une mère-nourrice....

Il n'en est pas de même de vos françaises dissipées, qui confient à des mercenaires les gages de l'amour conjugal, brillent dans les cercles, s'ennuient chez elles, se rencontrent dans toutes les promenades, sont de tous les bals, où trop souvent elles assistent pendant leur grossesse, frappent de nullité le plus bel ouvrage de la nature, en expulsant, par des mouvemens trop violens, l'embryon fatigué, du lieu destiné à sa nutrition et à son développement.... (34); elles sont livrées au mépris public, deviennent odieuses à leurs époux, passent leur jeunesse dans les tracasseries de l'intrigue, servent aux passions d'oisifs qui les ridiculisent, terminent dans les regrets de l'impuissance et la honte du délaissement une vie dont elles jouiraient encore dans la caducité de l'âge, si elles consacraient les beaux jours de leur hymen à la pratique des vertus.

— Tu as raison : aussi Adolphe ne prendra-t-il point une de ces dernières ; il veut savourer ces voluptés dont la description t'enchante, et qu'épure cette institution sainte qui est la source des familles, le fondement des sociétés, et dont l'origine se perd dans la nuit des temps.

— On ne peut aborder cette question chez un peuple éclairé sans reconnaître *trois espèces de mariage....*

Le premier, qui est le plus ancien et le seul raisonnable, procure les jouissances promises par les deux autres et n'expose à aucun de leurs inconvéniens; j'entends parler du *mariage naturel.* Il exige une constante réciprocité d'égards qui exclut même jusqu'à la pensée de l'infidélité; l'amour en forme les nœuds, le bonheur les serre, la reproduction les ennoblit, la mort les relâche; quelquefois l'incompatibilité d'humeur produit le même effet; mais cette désunion n'est ni un sujet de scandale, ni un prétexte de trahison, ni un obstacle à un engagement mieux assorti et conséquemment plus heureux.

Le second est le *mariage civil*, dont l'indissolubilité effraie tout homme que l'amour n'aveugle point; il répugne au bon sens, bannit la tendresse et porte encore la rouille des siècles gothiques.... Le prêtre le condamne en entrant dans les ordres; le cénobite le dédaigne en prononçant ses vœux; le débauché le trouble à son gré; la coquette y sème les alarmes; la femme sérieuse le trouve insipide; l'épouse sensible voudrait avoir encore à faire un choix; l'amant satisfait le fuit; la jeune fille inexpérimentée est la seule qui le désire; mais elle fléchit bientôt sous le poids de ses chaînes, que sa faiblesse l'empêche de briser sur le front d'un maître qu'elle déshonore par dépit ou par satiété, par vengeance ou par tempérament.

Le culte prescrit le troisième; on le nomme vulgairement *Bénédiction nuptiale*; c'est le plus inutile et non le moins dangereux.... Il soumet l'homme au prêtre, dans un des actes les plus importans de la vie.

On peut tolérer le second, comme tenant à l'ordre de la société chez les peuples assez barbares pour avoir méconnu les droits des enfans naturels, qualifiés en France de bâtards, expression ignoble et déchirante, qui annonce un stupide ou un monstre dans celui qui l'emploie....

Quant à la bénédiction nuptiale, elle n'est qu'un droit abusif donné au saltimbanque sacré sur les époux, dont il divise presque toujours le ménage, par des visites fréquentes quand ils sont riches, et par la séduction de la femme quand elle est jolie....

— Ce qui arrive dans la société ne fortifie que trop malheureusement tes assertions hardies; mais l'usage reçu, qu'il faut suivre sous peine d'encourir les persécutions des méchans ou les railleries des sots, prescrit à l'homme ami de son repos et de l'ordre certaines règles dont l'observation peut devenir funeste, sans que l'infracteur soit bien certain de trouver en les violant un dédommagement égal aux risques qu'il court à s'écarter de la voie commune.

— Votre roi, que ses courtisans proclament le plus grand des princes, et Charles II, sont des exemples frappans de la mobilité du cœur humain, incapable de contracter sans danger un engagement indissoluble....

Placés chacun à la tête d'un gouvernement qui nécessite des veilles, des travaux et des soins continuels; ayant le choix d'une compagne avouée ou d'une suppléante qui joigne aux grâces d'Hébé les charmes d'une Cléopâtre et son art enchanteur de varier les plaisirs, ils n'ont pu fixer l'inconstance de leur ame, déja occupée de si grandes choses.... Tous deux comptent des maîtresses dont il serait difficile de déterminer le nombre.... Quel particulier, en réfléchissant un peu, sera maintenant assez présomptueux pour imaginer, que faisant exception à la loi qui régit ses semblables de l'un à l'autre pole, il puisse répondre d'être toujours heureux avec la même femme, et de paraître incessamment aimable à ses yeux? Que deviennent les époux mal assortis? Au premier désaccord, la terrible idée que leur union ne doit finir qu'à la mort de l'un d'eux les aigrit mutuellement, devient ainsi un aliment de haine et trop souvent une mine d'adultères, d'empoisonnemens, de suicides, d'assassinats, qu'exploite celui qui préfère la honte du châtiment le plus ignominieux, ou les tourmens du supplice le plus cruel, à la peine indicible de loger sous le même toit, de manger à la même table, de coucher dans le même lit que la personne qu'il exècre chaque jour davantage....

Qui craindra de passer pour un novateur, pour un ennemi des lois, en foulant aux pieds les usages vicieux de ses concitoyens, quand Louis XIV et Charles II font couler leur sang royal dans les veines de plusieurs enfans nés de conjonctions que les cagots et les imbécilles appellent illicites?....

— On tolère dans les souverains les écarts qu'il est de la politique de réprimer dans leurs sujets.

— Les actions ne sont pas bonnes parce qu'elles ont pour auteur un empereur ou un pâtre, mais bien par leur analogie avec l'utilité publique : d'où je conclus que ce qui est blâmable dans un bourgeois de Pétersbourg, ne saurait être digne d'éloges dans Pierre-le-Grand.

— Je conviens de cette vérité, et désire que nous terminions cet entretien par l'apophthegme suivant : « On doit se proposer pour modèles les actes de magnanimité, de vertu, de justice des potentats, et ne jamais les imiter dans celles de leurs actions qui ne sont pas en harmonie avec les lois. »

CHAPITRE XXI.

Le moine monte chez une prêtresse de Vénus. — Il veut la tromper. — Nouveaux dangers qu'il court. — Il se sauve en commettant un crime. — Projet de vengeance. — Remords.

LE moine n'a pas franchi le seuil de la porte du crédule Fisher, que, ne sachant à qui demander un asile, il se trouve dans le plus grand embarras. Invoquera-t-il une seconde fois la générosité d'une de ses pénitentes ? En supposant qu'il soit, chez chacune d'elles, parfaitement accueilli, de quelle sûreté jouira-t-il, si Hyacinthe l'a dénoncé aux magistrats préposés au maintien de l'ordre public ? Les premiers soupçons se dirigeront sur les personnes dont il était le directeur et l'ami. Où ira-t-il donc? N'ayant pas d'autres vêtemens que ceux du père Boniface, il est à chaque instant exposé à être reconnu, arrêté, pendu.... La mort n'effraie point son imagination, mais il serait fâché de sortir de la vie sans avoir satisfait la passion que milady Gloritz alluma dans son cœur, et sur-tout avant de s'être vengé de son expulsion de la maison d'Ambroise.... Enfoncé dans mille réflexions plus amères les unes que les autres, il aperçoit une prêtresse de Vénus qui, de sa croisée, où jamais ne paraît à Londres une fille honnête, fait aux passans des appels érotiques. Géréon se glisse chez elle, la cajole, lui donne quelques guinées et l'envoie acheter un habit de séculier, avec lequel il puisse la visiter de temps en temps. Celui qu'elle apporte donne au cénobite une tournure des plus avantageuses. De joie, il embrasse la courtisane, vide quelques bouteilles de vin, s'amuse, s'enivre, la caresse, passe la nuit avec elle, et oublie les dangers qui le menacent continuellement. Le lendemain matin, il se livre de nouveau à ses tristes pensées, et se reproche bien de n'avoir pas profité la veille, de l'obscurité de la nuit pour chercher une nouvelle demeure ou sortir furtivement d'une ville où il ne rencontre que des visages sur lesquels ses craintes permanentes lui font lire sa flétrissante condamnation. L'exil volontaire lui paraît d'une exécution facile dans une cité qui n'a ni portes, ni murailles, où d'ailleurs l'immense population et son déguisement favoriseront sa fuite. Ces idées lui paraissent saines, il quitte brusquement la prostituée, qui, ayant son habit noir, s'attend à un prochain retour et le laisse sortir sans le questionner, sans le rançonner.... A peine a-t-il traversé quelques rues, qu'un inconnu le saisit au collet, réclame l'habillement qui le couvre, et qu'il assure lui avoir été volé. Géréon se justifie et offre d'en payer la valeur; mais plus il est doux, honnête, désintéressé dans ses discours, plus le quidam le croit coupable et se dispose à le perdre.... Une voiture s'avance avec rapidité; le moine robuste, voulant profiter de cette circonstance inattendue, soulève l'insolent d'un bras vigoureux, et le jette sous l'une des roues, avant qu'on ait pu s'assurer de sa personne. Il échappe à ce nouveau danger avec une étonnante présence d'esprit, et retourne chez celle qui a fait le périlleux achat. La vue de cette femme, qui était fort jolie et très-versée dans l'art de provoquer les désirs amoureux, réveilla l'impudicité du solitaire; mais il n'avait que peu d'argent, la volonté de bien se divertir, quelque ressentiment de l'espiéglerie relative aux effets volés, et l'intention de ne la point quitter aussi pauvre que la première fois.... Son premier soin est de reprendre les vêtemens du révérend père Boniface, et de faire précieusement enfermer sous la clef l'habit qui l'a tant exposé.... Ils s'abandonnent ensuite aux plaisirs de la table et au délire des sens. Après avoir consacré quelques heures à la débauche, Géréon remet plusieurs guinées à la jeune fille, l'envoie acheter d'excellent vin, et lui dit qu'il va se jeter sur le lit en attendant son retour. Il profite au contraire de son absence pour faire un paquet de ses hardes d'un grand prix, qu'il a dessein d'enlever sur-le-champ. A l'instant même où il sortait avec son butin, survint un créancier de la nymphe : c'était son propriétaire (35); il ne voulut point laisser emporter la moindre chose, à moins que le loyer de l'appartement ne fût assuré.... Le religieux insistait pour que l'on crût qu'il était de bonne foi; mais son éloquence ne triompha point de l'intérêt alarmé. Se voyant dans une position inquiétante, et craignant d'être confondu en différant son départ, il dit, d'une voix menaçante, qu'il allait à la rencontre de la demoiselle, qui saurait bien le faire respecter comme il le méritait, ajoutant avec douceur, que le besoin de ramener au bercail une brebis égarée l'amenait seul dans la maison mondaine où il recevait un de ces affronts révoltans qu'on ne doit se permettre qu'avec la dernière réserve, et uniquement envers les laïcs les plus méprisables. Cette supercherie ne produisit aucun effet; il fallut se retirer les mains vides, la bourse dégarnie, et se féliciter encore d'en être quitte à si bon marché.

Que je suis malheureux, s'écrie le moine en se voyant au milieu de la rue!..... Rien, rien ne me réussit....; le bien que je fais tourne à mon préjudice, et le mal que je médite est toujours sans succès....; je maudis mon étoile, j'exècre l'auteur de mes jours et j'ai donné la mort à ma mère....; mon père m'a sacrifié à son orgueil, mes supérieurs à leur despotisme, la société à ses lois barbares...; j'ai respecté les malheurs et la vertu d'Euphémie, et Euphémie m'a perdu par ses délations contre la bande de Glocersters; sans elle, je serais heureux dans les bras de la divine Onelly.... Non, rien ne m'a encore réussi, sinon le conte ridicule que j'ai fait à l'idiot Boniface.... Hommes pervers....! on ne peut vous utiliser que par la force ou la ruse.... Mais, que suis-je, pour planer superbement au-dessus de mon espèce....? un enfant qu'une vaine ombre terrifie...., un esclave des passions que subjugue le sommeil d'une jeune fille...., un insensé qui s'adresse des reproches superflus à l'occasion de sa conduite passée et qui dort profondément au bord d'un abyme...., un extravagant gonflé de présomption, qui brûle de vengeance et d'amour, poursuit deux femmes dans les vastes déserts de l'avenir, et n'a pas pour ce soir une pierre où il puisse poser sa tête...! Sans parens, sans amis, sans argent, en guerre avec l'espèce humaine, ne pouvant être seul sans rencontrer le cadavre du père André, égorgé sous mes yeux, sans entendre les derniers soupirs de la tante d'Onelly, ne paraissant en public que pour y voir des bourreaux.... Où irai-je cacher mes infortunes et ma honte, mes crimes et mes remords, ma vengeance et mon amour ?.... Où tu iras, Géréon ; en serais-tu en peine, avec ton imagination féconde en expédiens ?.... Où j'irai !.... Le scélérat que le destin délaisse ne doit attendre aucun secours de ceux qui parcourent comme lui la carrière des forfaits, et les êtres vulgaires ne sont point assez grands pour lui tendre une main charitable.... A la vertu la plus épurée appartient seule de le retirer du naufrage, de lui jeter la planche du salut... ; mais cette émanation de la Divinité n'existe plus pour moi, elle est descendue dans la tombe avec Walis et Mursel !.... Malheureux, tu t'égares !... Et le ministre éloquent, le sublime Oley, qui embrasa leur ame du feu de la bienfaisance dont la sienne se consume, ne vit-il plus ?.... mais...., me recevra-t-il, ce sectateur de Calvin ? oui, sans doute, s'il est réellement vertueux.... Le propre de la vertu n'est-il pas de n'avoir ni religion ni autre considération locale?.... Elle professe le cosmopolisme et le pardon des erreurs qu'elle laisse froidement pondérer aux officiers civils et religieux.

Pendant ce monologue, le cénobite marchait à pas précipités, et se dirigeait vers la maison du bienfaisant Oley.

CHAPITRE XXII.

L'oiseau d'Onelly s'échappe dans le jardin de son père. — Ce que fait Hémandel pour l'attraper. — Sa récompense.

DEPUIS la visite rendue à milady Parcley, Adolphe ne voit plus Onelly sans éprouver les plus vives sensations. Son imagination la lui donne pour épouse ; à son sein d'albâtre pend un enfant beau comme sa mère. Cet amour sentimental le porte à s'égarer tous les matins dans la partie du jardin que les arbres, couverts de feuilles abondantes, rendent propre au recueillement des ames sensibles, toujours disposées à se détacher entièrement des objets qui leur sont indifférens, pour n'être occupées qu'à la contemplation idéale des perfections de la divinité qu'elles adorent. Il cherche la solitude toutes les fois qu'il ne peut voir son amie, pense librement à elle, lui adresse les discours les plus flatteurs, que sa présence fait expirer sur ses lèvres agitées par l'amour et closes par une invincible timidité. Tantôt un mouvement involontaire conduit sa main traçant légèrement sur l'écorce des arbres le nom de son amante, qu'une prudence timorée efface un moment après; tantôt il imprime sur une terre pulvérisée des caractères dictés par la tendresse, anéantis par le souffle d'Eole ou confondus par les pas graves de personnes dont les glaces de l'âge ont engourdi la sensibilité.

Rien n'échappe à l'œil attentif de la belle insulaire. Hémandel ne sort point du jardin qu'elle n'y vole pour satisfaire sa curiosité ingénue, parcourir les lieux qu'il a visités, respirer dans une atmosphère purifiée par son haleine, se nourrir des expressions de son amour, les faire disparaître sous les pleurs de la reconnaissance, ou torréfier de ses baisers enflammés la superficie des arbustes chargés des messages de son Adolphe.

Un jour, en se levant, elle caressait un oiseau dont elle avait élevé la mère dans une des pépinières du jardin ; elle l'aimait beaucoup ; il avait souvent becqueté son cher Hémandel, et depuis lors elle lui consacrait habituellement les premières heures de son lever. La fenêtre était entr'ouverte et donnait sur le jardin. Le joli prisonnier avait assez d'ailes pour s'échapper d'un appartement dans un autre, mais ne pouvait recouvrer entièrement sa liberté. Cependant il essaie ses forces, s'envole et se perd dans l'épaisseur d'un taillis. Onelly, affligée, oublie qu'elle n'est vêtue que d'un peignoir de batiste, et court dans le jardin après le petit fugitif; elle le poursuit vivement, sans jamais l'atteindre, et croit toujours qu'il ne pourra lui échapper. Ses pas sont précipités, son œil perçant, sa main agile; elle s'avance doucement, il l'attend avec sécurité; elle fait un geste pour s'en saisir, il trompe son avidité; elle pleure son éloignement, il chante sa liberté; il suit les lois de la nature, elle obéit aux mouvemens de son cœur. Se désolant de ne pouvoir le prendre, elle le suit de ses regards attristés. Un chat paraît, elle pousse un cri d'effroi; Adolphe, rêvant à l'autre extrêmité du jardin, entend la voix qui lui est si chère, accourt, voit sa maîtresse en larmes et le volatil en danger; il protége l'oiseau, essuie les pleurs de son amante, couvre sa main de baisers, lui parle avec l'éloquence du sentiment, et promet d'attraper le charmant bipède. Tous deux le pressent et provoquent son vol pour le fatiguer.... Ils réussissent; mais la crainte d'un nouvel esclavage lui fait excéder ses forces; il s'élève inconsidérément et tombe dans une pièce d'eau. La jeune lady en est désespérée, Hémandel s'y jette aussitôt; elle ne pense plus à l'oiseau, et tremble que son amant ne soit incommodé par suite de cet acte d'amour.... Il saisit le fugitif, et le rend à sa charmante maîtresse pour un baiser; elle le lui accorde sans réflexion. Cette faveur enivre Adolphe, il en donne un second, si passionné qu'Onelly en perd la raison. Sa tête repose nonchalamment sur l'épaule de son bien-aimé, qui la serre contre lui-même, sent les mouvemens de son sein agité, succombe à la violence du plaisir, et n'est rappelé à l'usage habituel de ses sens que par le volatil échappé une seconde fois des mains d'Onelly hors d'elle-même, tant a été délicieuse la scène des baisers. Les amans se regardent et semblent se reprocher les caresses qu'ils viennent de se prodiguer.... Hémandel concentre sa joie et témoigne quelque chagrin de ce nouvel accident. Son amie rougit, se couvre un instant le visage de son mouchoir, et poursuit le fugitif; mais elle ne peut mettre la main dessus. Adolphe redouble de zèle, de soins, d'activité, d'adresse; il parvient à surprendre l'oiseau: on le demande avec vivacité....

— Onelly, je vous le livre, à une condition....

— Monsieur, qu'elle est-elle, s'il vous plaît?

— Un baiser, milady.

— Un baiser, Adolphe, je ne puis...

— Mais, pourquoi joindre à tant de charmes, tant de cruauté?

— Je ne suis pas cruelle, mais vos embrassemens me mettent dans un état....

— Vous leur reprochez de m'avoir enchanté....

— Non, non, Hémandel, je ne me plains que de ce qu'ils m'ôtent la raison....

— Je ne m'aperçois pas, adorable Onelly, que vous en manquiez....

— Pas à présent, monsieur; mais tout-à-l'heure, j'étais dans un trouble...

— Vous paraissiez sensible, et j'étais heureux....

— Il y a du danger à l'être comme cela....

— Je voudrais ne vivre qu'entouré de semblables périls....

— Mais une jeune demoiselle doit s'en garder....

— J'ignore qu'une ame aussi pure que la vôtre doive s'alarmer des hommages qui lui sont rendus....

— Je doute, moi, qu'il soit bien de se trouver seule et de s'embrasser dans un jardin avec un homme comme vous, Adolphe....

— Suis-je plus méchant qu'un autre ?....

— Non, mais plus dangereux....

— Vous me craignez donc? milady...

— Non, c'est mon cœur que je crains....

— Ah! si vous m'aimiez, vous ne me refuseriez pas un baiser....

— Si je vous aime.... Adolphe, Adolphe, qu'avez-vous dit-là ?....

— On s'embrasse, quand on s'aime...

— Je vous ai tendu la joue, mais vous m'avez si fortement embrassée, que j'en suis encore toute je ne sais comment....

— Voilà votre oiseau ; Onelly, vous me voyez avec indifférence....

— Ne dites pas cela....

— Pourquoi ?....

— Je préfère que vous m'embrassiez....

Hémandel s'approche, lui donne un baiser.... Son amante craintive s'échappe et retourne à la maison avec la vélocité d'un cerf qui croit fuir le trait dont il est atteint....

CHAPITRE XXIII.

Géréon se présente chez M. Oley, ministre protestant. — Comment il l'intéresse à son sort. — Leurs adieux.

GÉRÉON frappe, en frémissant, à la porte du prédicateur Oley. Cécile, l'aînée des six enfans de ce respectable ministre, le reçoit avec modestie.

Pourrai-je, miss, dit le moine en s'inclinant, avoir le bonheur d'entretenir librement monsieur votre père?

— Je vous prie d'avancer, monsieur; il est sorti, mais il ne tardera point à rentrer : à moins qu'il ne soit retenu auprès de quelque malade, jamais il ne revient tard.

— Miss, je craindrais de me rendre importun.

— Monsieur, on ne saurait l'être quand on vient ici pour mon père.

Le cénobite baissant les yeux, accepte l'offre honnête qu'on lui fait avec tant d'amabilité. Il converse avec la jeune personne jusqu'au retour de M. Oley, qui, à son arrivée, renvoie sa fille, avant même qu'elle ait fait connaître que l'on désire lui parler en particulier.

Géréon saisit une des mains du ministre et la mouille de ses larmes.

— Quel est donc, mon père, le sujet d'une douleur si vive?

— Je viens, monsieur, sans égard au sentiment qui nous divise, invoquer votre humanité envers un misérable qui n'a plus d'espoir qu'en vos vertus; mais je ne puis maîtriser la crainte que j'éprouve de lui être nuisible par mon caractère....

— Vous le servez puissamment, monsieur, par votre sensibilité..... Pour votre état, il n'a qu'un tort à mes yeux, c'est d'imposer à l'homme des devoirs surnaturels qui le rendent digne d'admiration quand il les remplit exactement, mais qui supposent ou un vice dans l'organisation physique, ou une force morale telle, qu'il puisse réprimer à son gré la fougue de ses passions.

— L'étude du cloître, monsieur, ne m'a que trop convaincu de la vérité de votre assertion.

— Je plains sincèrement certains religieux, et je ne condamne point les autres; mais revenons, mon père, à l'être souffrant pour qui votre belle ame s'intéresse.

— Ah! monsieur, quelle ame ne se rouille point dans l'oisiveté des monastères ?....

— Vous paraissez, mon père, fléchir sous le poids de la tristesse....

— Vous l'avez dit, monsieur, et ma peine la plus cruelle consiste dans les chagrins où je laisse le proscrit dont je suis en ce moment le patron...

— Il me serait doux de verser sur les plaies de votre ame le baume de la consolation.

— Il manque d'efficacité, monsieur, pour les blessures dont je suis couvert...

— Mon père, je sais qu'il en est que la main de l'homme ne peut que rafraîchir; mais toutes se cicatrisent par l'intervention de la Divinité....

— Je l'ai fatiguée de mes prières ferventes.... Pardon, M. Oley; je suis fâché d'avoir exhalé ma douleur dans le temple de la bienfaisance.... N'oublions pas, je vous prie, la créature infortunée qui attend un prompt soulagement.

— Je ne pense pas la négliger,

mon père, en m'occupant de son digne protecteur.

— Ne songez pas à moi, monsieur; lui tendre une main secourable, c'est m'obliger moi-même....

— Quelle noblesse dans les sentimens!....

— Vous ne connaissez pas, monsieur, toute la grandeur de mes iniquités....

— Que sont-elles, en comparaison de la miséricorde de Dieu? Rien, pas même un grain de sable sur les bords de la Tamise.

— Ah! je le crois, monsieur. Jésus-Christ a lavé de son sang tous les péchés que peuvent commettre les hommes; mais ceux-ci ne pardonnent point, à son exemple, l'infraction de leurs lois....; ils ne se croient puissans que quand ils oppriment, et justes que quand ils écrasent....

— Tous n'ont pas cette dureté de

caractère, si opposée à l'esprit de l'Evangile.

— Je n'en connais point un seul, à moins que ce ne soit vous, monsieur, que la fraternité chrétienne porte à se mettre entre le coupable désarmé et la société prête à lancer sur lui les carreaux de la vengeance....

— Il ne nous appartient point, à nous, les ministres d'un dieu clément, de juger aussi rigoureusement nos semblables....

— Aussi, monsieur, ne me pardonnerais-je point de les juger; je ne suis en ce moment qu'un témoin affligé des maux qu'il voit sortir de la désespérante infléxibilité de ceux qui n'ont ni votre rare piété ni vos connaissances profondes.

— Mon père, je ne mérite pas cet éloge flatteur, dont je sais gré à votre indulgence.

— Vous n'en avez pas besoin, monsieur; mais moi, je réclame toute la vôtre. J'embrasse vos genoux, jusqu'à ce que vous m'ayez promis de tendre une main charitable au malheureux dont je suis l'organe.

— Relevez-vous, mon père; cette posture m'humilie. En quoi puis-je être utile à l'infortuné qui vous intéresse si cordialement?

— Il faut que je vous fasse connaître d'abord sa position affreuse, et je n'ose....

— Quelle que soit ma bonne volonté, je ne puis adoucir son sort sans avoir quelques renseignemens sur son compte.

— Il me suffira de vous donner une idée des dangers auxquels il est exposé.... Je pourrais vous décliner son nom; mais cela deviendrait inutile, si l'énormité de ses fautes arrêtait l'élan de votre générosité....

— Non, mon père, rien ne m'empêchera de le secourir....

— C'est un criminel repentant et fugitif que je veux préserver de l'ignoble supplice de la potence.

— Comment y parvenir?....

— Il est, de plus, catholique-romain....

— Il serait mon ennemi, que je ne le servirais pas avec moins de zèle; mais j'ai peu d'argent, je ne pourrais lui donner que trois guinées et quelques vêtemens.

— Cela ne suffit point; il faut que vous exerciez envers lui l'hospitalité; que vous favorisiez sa sortie de la ville, à l'aide d'un travestissement.

— Je n'ai aucun lit de disponible; mais s'il ne s'agissait que d'une nuit, je lui donnerais le mien....

— C'est assez.... Le ciel soit votre récompense! s'écrie le moine avec émotion.

— Vous pouvez me l'amener, mon père....

Il est devant vous, dit le solitaire d'une voix tremblante. Il lui fait alors un récit mensonger de ses aventures... Oley le plaint et l'introduit dans le cabinet où il doit passer la nuit.

Le lendemain matin, il le comble de ses dons, et le conduit lui-même à un mille de Londres. Leurs adieux furent touchans... Le cénobite, attendri, se jeta aux pieds de son bienfaiteur, les couvrit humblement de baisers, et ne put exprimer sa reconnaissance que par ces démonstrations d'une énergie silencieuse.... Les remords l'oppressaient fortement....; il sentait le besoin de s'éloigner d'un homme dont la générosité semblait lui reprocher sa perfidie envers les innocentes victimes de ses passions effrénées....

Le ministre Oley revint paisiblement chez lui, sans s'applaudir d'un acte aussi digne d'éloge, mais qu'il regardait comme naturel à tout homme sensible, et comme le devoir d'un ecclésiastique.

CHAPITRE XXIV.

Promenade de Gloritz, d'Onelly et d'Adolphe sur les bords de la Tamise. — Villageois anglais. — Le Wauxhall. — Plaisirs multipliés dont on y jouit.

MILORD Gloritz, sa sœur et son ami vont de temps en temps jouir, sur les rives de la Tamise, des agrémens d'une conversation familière, toujours instructive, souvent piquante, et quelquefois nuancée de cette mélancolie naturelle au peuple anglais, endémique aux êtres sensibles, et délicieuse pour les amans.

Tandis qu'ils goûtaient un jour les plaisirs de la promenade, une flotte de soixante voiles apportait du charbon de terre des mines de Newcastle, qui enrichissent considérablement l'Angleterre, où l'on fait de ce combustible, regardé ailleurs comme très-dangereux, un usage général et un commerce fort étendu. Ceux qui le débarquent gagnent des journées de 9 schillings, c'est-à-dire communément plus de 10 livres. L'arrivée de cette flotte donnait au port, où travaillent à la construction des bâtimens de mer une foule de charpentiers et d'ouvriers de toute espèce, un surcroît d'activité qui plaisait beaucoup à Hémandel, amusait Onelly et fournissait au lord l'occasion de faire une comparaison avantageuse à son orgueil national, entre la capitale du royaume de France et celle dont ils voyaient constamment les immenses richesses.

Ils parcouraient les villages avec délices. Leurs habitans n'offraient point, comme dans le reste de l'Europe, le spectacle déchirant d'hommes utiles écrasés par le fisc, ruinés en détail par un clergé avide, et comptés pour rien par des maîtres impérieux ; mais ils avaient cette physionomie riante, cet embonpoint robuste, ces vêtemens décens qui annoncent une aisance honnête que le travail assure au citoyen vertueux, dans tous les états administrés par des magistrats éclairés et amis de l'ordre. Ils allaient fréquemment sous le chaume, boire le lait d'une vache ou d'une chèvre qu'ils avaient soin de faire traire en leur présence. A l'ombre d'arbres touffus, ils s'amusaient sur l'herbe, qui est d'une extrême finesse et d'un verd éclatant dans cet heureux pays. Georges était volontairement le commissionnaire, et les amans se caressaient avec tendresse pendant les courts intervalles qu'il employait à se rendre à la métairie, quand il manquait quelque chose à leurs repas champêtres. A la vue des animaux bondissans d'amour, aux chants joyeux des habitans de l'air, Onelly et Adolphe éprouvaient, à leur insu, de ces besoins de témoigner que l'on aime, dont Gloritz s'apercevait parfaitement, qu'il savait distraire ou suspendre par des réflexions philosophiques, et dont il calmait quelquefois l'ardeur en favorisant de doux larcins, par une absence qui durait peu.

Après avoir parcouru la campagne et s'être amusés à la contemplation de ses beautés simples, ils viennent au Wauxhall, jardin magnifique qui porte le nom du joli village où il est situé. Ils participent aux danses et aux jeux bruyans qui occupent une partie de ce vaste rendez-vous, goûtent les plaisirs d'un concert enchanteur, où trois mille lampes renfermées dans des vases de cristal jettent une clarté éblouissante. Ils passent ensuite dans une des petites loges chinoises pratiquées dans l'encadrement des portiques qui entourent agréablement un amphithéâtre construit en forme de temple, pour l'orchestre, exclusivement dominé par l'atmosphère.

On sert les raffraîchissemens dans ces cabinets, quand le temps ne permet point de se mettre aux tables éclairées par une infinité de petites lampes suspendues aux arbres.

On voit aussi dans ce jardin singulier, des tableaux dont les sujets sont tirés de l'histoire moderne de la Grande-Bretagne; ils forment une galerie précieuse, instruisent la jeunesse et satisfont la curiosité des étrangers. On sort du salon de peinture pour voir, en perspective, des paysages délicieux, une cascade qui rafraîchit l'ame, et pour entendre dans le lointain le bruit des eaux qui accroissent les effets magiques d'une illusion ravissante. Ces jouissances accumulées, pour ainsi dire, sur un point de ce lieu admirable, y appellent les six ou huit mille personnes qui se promènent au Wauxhall, dans les beaux jours d'été. Si la présence de tant de monde, si les regards sympathiques d'une beauté rencontrée dans la foule, si des souvenirs pénibles ou flatteurs font naître le désir de la retraite ou de la méditation, de très-belles promenades, bien solitaires et faiblement éclairées, favorisent les plus douces rêveries ou invitent à y rouler, dans un esprit rembruni, les plus lugubres pensées.

Dans ce paradis terrestre, dont l'entrée est libre à chacun pour un shilling, et où un petit nombre d'assistans nécessite les mêmes frais, la même pompe, l'ouverture de tous les jeux, comme si la société était considérable, paraissent, vêtues avec le plus grand luxe, des nymphes célèbres avec qui s'entretiennent familièrement, et se promènent sans exciter la moindre surprise, des membres illustres de la chambre des pairs, des orateurs distingués de la chambre des communes, et des ministres de sa majesté britannique. Ces courtisanes fameuses joignent communément aux charmes de l'esprit, aux grâces extérieures, à une amabilité rare, une délicatesse qui les élève au niveau de ces déesses d'Athènes, aux pieds desquelles les graves sectateurs de Zénon venaient déposer le fardeau du *stoïcisme*... Celles que la nature a plus particulièrement embellies, et qui doivent à une éducation soignée des talens agréables, profitent du temps des élections pour utiliser leur influence amoureuse : elles refusent des sommes immenses que leur offrent des libertins fort riches, et font mille caresses à des hommes d'un grand mérite, sans autre intérêt que celui du parti auquel elles désirent les attacher. Voilà certes un désintéressement qui surprendrait bien des gens dans certain pays où tout se fait au poids de l'or....

Parmi les dames anglaises qui se font remarquer davantage par leur beauté, milady Gloritz est la reine des fleurs, qui ombrage celles qu'elle approche : tous les yeux la contemplent, toutes les jeunes personnes lui portent envie, tous les cœurs volent au-devant d'elle... Un hommage aussi unanime, rendu à sa candeur, à sa modestie, à ses attraits, donne à Hémandel cette inquiétude si difficile à décrire, que l'on éprouve quand on aime passionnément, et qui lui fait préférer la partie du Wauxhall la moins garnie de lumières et la plus retirée, à celle que les instrumens, les acclamations de la joie et la présence d'un grand nombre de spectateurs rendent plus bruyante et plus gaie. Les amans ne veulent voir que l'objet de leur tendresse, et le langage si expressif de leurs regards, languissans d'amour ou enflammés par les étincelles du désir, suffirait pour qu'ils recherchassent les endroits écartés, quand bien même ils n'auraient pas toujours quelque crainte de cesser de plaire.... Ce sentiment porte Onelly et Adolphe à s'éloigner de tout témoin importun de leurs tendres serremens de main, de leurs vives œillades, de leurs baisers furtifs.

CHAPITRE XXV.

Géréon s'empare de l'imagination d'une servante d'hôtellerie, en lui parlant de son amant.

GÉRÉON était pénétré de reconnaissance envers Oley. Quel dommage, se disait-il, que cet homme soit calviniste ! ou plutôt pourquoi suis-je né d'un père qui, par état (36), me rendit ennemi de ce mortel vertueux ! Mais quel mérite y a-t-il donc à l'être quand on possède une épouse adorée, des enfans aimables et une médiocrité qui exclut la dépendance, sans émousser le sentiment de la pitié que nous inspire naturellement le malheureux ? On ne devient point perfide sans y être contraint par une affreuse nécessité, puisque l'on en porte le premier la peine....; le supplice de l'assassin ne commence-t-il point avant même que sa victime jouisse du calme des tombeaux?... Tout engage donc Oley à ne pas s'éloigner du sentier de la vertu.... Quel avantage trouverait-il dans une conduite répréhensible?... des inquiétudes, des périls, des remords.... Pourquoi nuirait-il à la société?... elle lui a donné une jolie femme; elle récompense ses moindres actions par des encouragemens apologétiques.... Moi, comment respecterais-je ses lois?.... elles me livrent au déshonneur, à la mort, qu'il ne m'est possible d'éviter que par une fuite flétrissante et par les secours plus flétrissans encore d'un hérétique contre lequel j'ai dirigé long-temps les foudres de mon éloquence chrétienne.... Que dois-je aux hommes?... Les monstres!... ils m'ont condamné au silence de la nature.... ; ils ont étouffé en moi plusieurs générations....; qu'ils tremblent!.... je leur rendrai guerre pour guerre.... Ah! je sens qu'il me serait encore doux de leur pardonner, s'ils me laissaient terminer une carrière orageuse dans les délices du mariage...; je les chérirais même s'ils m'accordaient Onelly... Onelly, divine Onelly! je t'ai donc perdu pour jamais..., pour jamais!... et tu me crois un méchant, un assassin, un scélérat.... Ah! si tu lisais dans mon cœur, dans ce cœur déchiré par les furies, tu me plaindrais.... ; je suis le plus malheureux des hommes....; j'avais beaucoup de vertus et plus d'amour.... Onelly, Onelly, voilà mon crime....; mais n'y pensons plus.... ; n'y plus penser!.... plutôt endurer tous les tourmens de l'enfer, plutôt commettre tous les forfaits.... ; je la verrai encore, je la presserai dans mes bras amoureux.... ;

tout ce qui lui est cher périra, je la poïgnarderai plutôt elle-même, que de la savoir en la possession de ce Français....

Après avoir erré quelque temps dans la campagne, le moine recouvre sa raison, entre dans une hôtellerie, prend un peu de vin, lie conversation avec les étrangers, et apprend que l'aubergiste, femme de bonne mine, veuve depuis deux ans, professe la religion catholique, apostolique et romaine; il en éprouve une joie secrète.

Catherine, servante de la maison, jeune, bien portante, d'une figure qui plaît sans être jolie, paraît consternée de la perte de son amant, qui vient de mourir à l'armée de terre (37). Sa douleur la rend chagrine, brusque, acariâtre, au point que tout le monde s'en plaint, moins Géréon, qui prend sa défense chaque fois qu'elle est présente aux propos qui lui sont défavorables. Elle témoigne sa gratitude au cénobite par toutes sortes d'égards, et son mécontentement aux premiers en ne les servant point aussi promptement qu'ils le désirent.

La nuit, Géréon se trouve parfaitement couché, et le lendemain de très-bonne heure la jeune fille s'empresse de lui demander ce qu'elle aura le plaisir de préparer pour son déjeûner. Le moine parvient à connaître son goût, s'y conforme et la force de manger avec lui. Il l'enflamme pour son amant qui n'est plus, lui parle d'esprits-follets, de revenans et l'exhorte à le faire recommander au saint sacrifice de la messe, afin qu'il reste moins long-temps dans le purgatoire, et ne vienne point troubler son repos, pour obtenir des prières; il s'engage à réciter chaque matin les sept psaumes de la pénitence, et le soir, un *De pro-*

fundis, pour le salut de l'ame du jeune guerrier.

Catherine remercie affectueusement Géréon, et lui promet de ne pas négliger ses bons conseils.

— J'attends ici, ma fille, un marchand de mes amis; nous partirons sans doute ensemble; mais tout le temps que je logerai dans cette maison, s'il arrivait que votre amant revînt pendant votre sommeil, aussitôt que vous seriez éveillée par son apparition, vous pourriez m'appeler. Je crois être votre seul voisin; laissez la clef sur votre porte, j'aurai soin d'aller à votre secours aussitôt que je vous entendrai. Dormez-vous profondément?

— Oui, monsieur, sur-tout vers les deux heures du matin.

— Soyez tranquille, mon sommeil est léger, vous ne resterez point sans secours.

Après le souper, Géréon s'amuse à boire, demeure seul avec Catherine, qu'il entretient toujours de spectres, de sorciers, de sabbat, de son amant, dont elle lui a beaucoup parlé la veille, et sur le compte duquel il ne tarit point en éloges; il déplore une perte aussi cruelle, irréparable même, dit-il, quand on a fait un excellent choix et que l'on a le malheur de vivre dans un pays où les huguenots forment la grande majorité de la nation, dont ils séduisent la jeunesse par l'appât fallacieux de leur morale pernicieuse. Il sort un moment, revient de la cour, feint d'être effrayé, raconte à sa dupe qu'il lui semble avoir aperçu quelque chose de blanc qui s'éloignait quand il en approchait, et retournait sur ses pas au moment où il rentrait. Catherine pâlit, il la rassure faiblement, la quitte et lui souhaite une nuit tranquille.

CHAPITRE XXVI.

Hémandel et Gloritz sont invités à un repas délicieux par le lord Poodbie. — Surprise agréable.

POODBIE, jeune lord dont le revenu s'élève à plusieurs mille livres sterling, qu'il consacre en grande partie à ses plaisirs, comme le font les riches Anglais de son âge, rencontre à Drury-Lane (38) Gloritz et son ami ; il les invite à dîner le lendemain, dans sa petite maison de Kings-Place (39).

Le jour suivant, une voiture superbe arrive à la porte de Georges ; les deux inséparables y montent. Adolphe ne sait où on le conduit ; mais Georges se doute bien qu'on leur ménage une surprise érotique. En effet, arrivés au temple de Cypris, ils sont introduits dans un cabinet orné de gravures enluminées, dont les sujets, choisis dans la mythologie, font naître une foule d'idées agréables. Ces traits séduisans de la fable se répètent dans des glaces placées en tous sens, pour présenter sans cesse à l'œil ravi mille charmes miraculeusement animés par l'art d'un pinceau habile. Un repas splendide leur offre les productions les plus rares des deux mondes. Dans une pièce voisine, des musiciens font entendre diverses symphonies qui secondent avec un admirable succès l'impression que produisent les groupes des divinités du paganisme autrefois adorées dans cette île fameuse, où la déesse des amours fut portée, à sa naissance, sur une conque marine.

Gloritz en concevait l'espoir flatteur de goûter des plaisirs plus vifs;

Hémandel, enchanté, se croyait transporté dans l'Olympe.

Tout était disposé pour qu'ils n'eussent besoin de personne et qu'ils pussent se procurer sans peine ce qui peut charmer l'odorat et réjouir le palais.

Dès que les voix des choristes ont cessé leur douce mélodie, et les instrumens leurs accords harmonieux, un bel enfant, à demi-nu, s'avance et présente une corbeille renfermant des fleurs qui cachent trois boules d'ivoire. Chaque convive en prend une et la dernière reste à l'ordonnateur de cette fête, d'une singularité piquante.

Sur celle d'Adolphe on lit : Euphrosine répand la joie dans les cœurs.

Georges voit sur la sienne : Aglaé, par qui tout brille.

Poodbie montre celle que le sort lui a donnée, et qui porte ces mots : Thalie sème de roses la carrière de la vie.

Il fallait répondre ; on le fit dans l'ordre suivant :

Hémandel : Que le bonheur soit la récompense de la sensible Euphrosine!

Gloritz : J'invoque Aglaé, déesse du plaisir.

Poodbie : Que Thalie et ses compagnes viennent présider à ce festin !....

L'enfant reçoit les billets et disparaît. Aussitôt on entend des chansons villageoises qui ne cessent qu'à l'arrivée des Grâces.

Euphrosine, vêtue d'une robe blanche, laissait flotter ses cheveux blonds, et ne cherchait à plaire que par les charmes dont elle était naturellement ornée.

Une gaîté folâtre distinguait Aglaé, brune sémillante, qui annonçait autant de santé qu'il y avait de langueur dans les grands yeux bleus d'Euphrosine. Elle souriait agréablement et lançait, à travers des cils noirs et épais, les éclairs du plaisir.

Un grand voile d'étoffe de soie noire, dont les pans étaient rejetés en arrière, tombait sur une robe fort juste à la taille, laissait entièrement découverts le visage et la gorge, les bras et les reins de Thalie, et prêtait à l'ensemble de sa parure cette puissance auxiliaire qui fait ordinairement d'une belle femme la souveraine d'un empire gouverné par un homme (40).

Elles se placent à table et partagent l'étonnement des convives en s'apercevant qu'il n'y a rien que d'artificiel dans cette multiplicité de mets qui excitent l'appétit au premier coup-d'œil. L'ingénieux lord verse dans des gobelets de cristal un philtre qui les jette tous dans les accès de l'érotomanie. On se dit des choses tendres, on rit, on désire, on est impatient de se donner quelque licence; mais au moment où les regards s'enflamment, on est introduit dans un boudoir qui n'est que glaces, pour centupler aux yeux amoureux les objets qui leur plaisent. On se met à une table plus somptueusement servie que la première.

Les nymphes font tourner toutes les têtes par leur beauté ravissante, leurs saillies naturelles et la réserve simulée d'une délicatesse de sentiment mille fois plus agréable que les agaceries du libertinage. Bientôt un appétit plus sensuel que celui de la faim suspend les plaisirs du banquet et transforme les trois couples en tourtereaux dont les becs se pressent, se caressent, se marient dans de mutuels embrassemens.

Poodbie, profitant de ces heureuses dispositions, fait passer la société dans un cabinet où quelques couches sont suspendues à six pouces de terre, par des cordons de soie aurore. On ne trouve aucun autre siége, et l'on ne saurait s'y tenir debout sans multiplier les plus secrets appas, trahis par un plancher de glace; de sorte que la pudeur elle-même se précipite sur les autels des sacrifices, aimant mieux, sans doute, abandonner à un seul qu'exposer à tous les yeux ce fruit tentatif dont le jus divin enivra nos premiers parens et leur apprit à connaître un peu le mal et à se faire beaucoup de bien....

On se renferme avec les rideaux, dans ces lits aériens.... Puis.... on retourne au festin; on y mange avec appétit, on boit joyeusement, et l'on détermine, par toutes sortes d'éloges, les jeunes et charmantes Laïs à faire le récit de leurs aventures.

CHAPITRE XXVII.

Histoire d'Euphrosine. — Leçon donnée aux jeunes demoiselles.

« Je suis native de Liverpool, où le plus respectable des pères me laissa, dans la quatorzième année de mon âge, orpheline et sous la tutelle de sa femme : ma mère était morte d'un lait répandu, pour m'avoir sevrée trop tôt. Ma fortune était modique, mon esprit cultivé ; c'est du moins ce que disaient les dames qui nous visitaient. Quant aux hommes, ils me répétaient si souvent que j'étais la plus jolie demoiselle de la ville, que je le crus malgré Inglefield, c'est le nom de ma belle-mère, qui les accusait de chercher à me perdre par des mensonges flatteurs. Je concevais difficilement comment il se pouvait faire que ceux qui s'empressaient de prévenir mes désirs fussent mes ennemis, tandis que la seule personne qui m'eût dit des choses dures mon père vivant, et qui me fit éprouver toutes sortes d'humiliations depuis sa mort, fût précisément celle que je dusse regarder comme m'étant sincèrement attachée.

» Même en présence des jeunes gens qui formaient nos sociétés, je répandais des larmes quand on parlait de mon père, que son épouse semblait avoir oublié. Ces pleurs, qu'elle appelait hypocrites, m'attiraient bien des éloges. Les traits d'Inglefield s'altéraient alors, et dès que nous étions seules, elle me reprochait avec aigreur ma dissimulation, mes simagrées, ma coquetterie. Le ciel m'est témoin que la douleur me faisait répandre plus de larmes dans le silence de la nuit que durant le jour.

» Plus cette femme trouvait en moi de défauts, plus je me rappelais les qualités éminentes de mon père, et aussi plus je m'abandonnais au chagrin qui me rendait odieuse.

» On disait par-tout que j'étais très à plaindre et digne d'un meilleur sort; mais on ajoutait que ma belle-mère ne pourrait jamais me souffrir, ni me laisser contracter un engagement, avant d'être avantageusement remariée. On prétendait que ma jeunesse et mes charmes nuisaient à son établissement, et que son veuvage et ses intérêts s'opposeraient constamment à mon bonheur. Ces réflexions, que tout le monde trouvait judicieuses, étaient pour moi désespérantes; elles me jetaient dans des rêveries qui me présageaient un avenir déplorable.

» Mon sort changea tout-à-coup. Un M. Farehead, qui avait fréquemment irrité Inglefield en cherchant à ie plaire, lui plut en effet, en lui adressant des discours plus tendres encore que ceux dont j'avais d'abord été l'objet. On ne reçut plus d'autre visite que la sienne; il ne nous quittait presque point; il m'aimait comme un frère quand il était libre de jouer familièrement avec moi; mais la préence de ma belle-mère opérait en lui un si grand changement, qu'il me raitait comme une petite fille; cela 'affligeait beaucoup. Sans cesse il ous vantait le séjour enchanteur de a capitale, et proposait de nous y onduire pour quelque temps. Inglefield rejetait obstinément cette offre éduisante; je l'en détestais davantage. e croyais que l'on ne pouvait goûter la félicité que dans Londres, et j'attribuais à la haine que l'on me portait, e refus opiniâtre d'y aller.

» Un jour que ma belle-mère n'était pas à la maison, Farehead vint me faire ses adieux. Il y mit tant de sensibilité, que je ne pus ni lui répondre ni l'entendre parfaitement. Je retins à-peu-près : *Qu'Ingelfield voulait me rendre malheureuse et l'épouser ; mais qu'il m'adorait et ne l'avait trompée que dans l'intention de me voir tous les jours, sans que je fusse grondée à son sujet.* Ne pouvant plus abuser de la crédulité de ma belle-mère, il me dit : *Que tous les samedis, sur la brune, il se trouverait dans un lieu solitaire qu'il m'indiqua, et où il terminerait sa carrière infortunée d'un coup de pistolet, si j'avais la cruauté de passer trois semaines sans m'y rendre.* Je le serrai étroitement contre mon cœur.... Je voulais parler...., les paroles expiraient sur mes lèvres... ; le temps s'écoulait, il me quitta tout tremblant d'inquiétude et d'amour.... Oh ! oui, d'amour.... Il m'adorait alors; car il put tout et n'entreprit rien.... Je devins triste et pensive jusqu'au premier samedi qui suivit le jour de notre séparation. Ma belle-mère, furieuse d'avoir été jouée, me maltraitait continuellement. Je sortis pour ne pas manquer au rendez-vous; mais, sur le point d'y arriver, je sentis un reproche intérieur, et j'obéis à cette impulsion de la vertu. Cette conduite prudente me coûta cher : je perdis les preuves de ma *nubilité*. J'eus la fièvre jusqu'au mercredi de la semaine fatale.... Deux jours après, je bannis toute pudeur.... Mon amant, armé d'un pistolet, m'attendait impatiemment... Dans la crainte que nous ne fussions vus, il me fit monter en voiture et conduire dans une maison ouverte aux voyageurs, où nous prîmes des rafraîchissemens, ou plutôt du poison.... Je m'endormis profondément.... Le lendemain, je me trouvai dans les bras de Farehead, et toute couverte de sang....; je pleurai beaucoup....; il m'apprit ce qui s'était passé à mon insu....; j'étais désespérée....; il voulut me caresser, je l'accusai de séduction....; il parla de me reconduire chez ma belle-mère, où je prendrais, disait-il, de l'embonpoint sans sa permission.... Je le compris, je me jetai à ses pieds, je le nommai mon cher époux...; il parut sensible à cette marque d'amour. Il me répondit que, si j'y consentais, nous partirions de suite pour Londres, où nous nous marierions clandestinement (41). Je sautai à son cou et lui fis les plus vives caresses....; nous ajournâmes notre départ au jour suivant....

» Pendant un mois, nous avons joui dans la capitale, de tous les agrémens qui y sont réunis. Nous étions arrivés le premier d'avril, et le 6 de mai devait être éclairé par les flambeaux de l'hymen.... Il le fut, pour moi, par les torches des furies.... Je m'éveillai la tête appuyée sur le sein d'un homme qui n'était pas M. Farehead, et qui paraissait excédé des jouissances qu'il avait savourées dans mes bras abusés...

» Je m'épenchai contre lui en paroles injurieuses.... Il éclata de rire et me traita comme je ne souffrirais point qu'on le fît à présent, que j'ai perdu mes droits à l'estime des ames honnêtes. »

Vous en avez encore, réplique Hémandel avec chaleur, à l'intérêt des ames sensibles.

Après avoir remercié Adolphe, elle continue son récit.

« L'infâme m'avait hébergé dans un mauvais lieu, et cédé, pour quelques guinées, à un être aussi vil, mais moins scélérat que lui.... Je ne pouvais invoquer qui que ce soit ; je n'avais ni force, ni courage; je manquais de tout.... ; j'avais perdu ma propre estime...., la nécessité me rendit méprisable et m'ôta les moyens de faire oublier ma première faute... Je passai presqu'une année à la merci de compagnes qui me volaient, et des hommes dont j'étais toujours la victime....

» Il n'y a que peu de temps que je suis avec Thalie et Aglaé, dans une indépendance qui nous procure d'heureux momens....

» Mon tempérament libidineux étouffe en moi les reproches de la honte.... ; il me retient invinciblement dans un état que j'aurais détesté, si mon étoile m'avait donné un époux aimant et délicat.

» Le présent m'enchante quelquefois, mais je ne puis penser à ma position dans un âge plus avancé sans maudire M. Farehead, et sans plaindre les jeunes demoiselles qui accordent inconsidérément, étant filles, ce qu'elles devraient, pour ainsi dire, disputer encore après la célébration de leurs noces. »

CHAPITRE XXVIII.

Histoire d'Aglaé, prostituée par sa mère. — Usage odieux établi dans la capitale du monde chrétien.

« L'ÉTRANGE manière dont les mères pauvres se défont généralement, dans Rome, ma patrie, de leurs filles, quand elles excitent au premier coup-d'œil les désirs de l'homme, m'engage à vous parler de cette prostitution odieuse.

» Une jeune personne se tient à sa fenêtre, où elle s'étudie toute la journée à fixer amoureusement les regards d'un passant. Celui-ci la salue d'assez loin si elle a l'honneur de lui plaire, et se croit aimé si elle répond par une inclination de tête à son honnêteté;

il lui écrit et assigne un rendez-vous. Bien qu'il soit d'une condition vénérée, ou qu'il n'ait pas la faculté de se charger d'une compagne, elle ne lui fait pas moins cette question naïve : *Voulez-vous m'épouser?* S'il tergiverse, elle en instruit ses parens. On tend des piéges à l'ardeur inconsidérée du galant; s'il est surpris dans le délire de la passion, et qu'il refuse d'épouser sa maîtresse, les lois le condamnent aux galères ou à payer une forte somme d'argent. Sans ce stratagême, qui trompe l'inexpérience d'une foule d'étrangers, il serait difficile de marier la plupart des filles, dans un pays où le célibat est en honneur.

» Par cette ruse, je devins, à quinze ans, la femme d'un Portugais qui disparut peu de temps après avoir flétri mes charmes, en préférant le plaisir contre nature à celui qu'elle provoque (42).

» Je m'en accusai au tribunal de la pénitence: on me répondit qu'il fallait employer la magie de l'amour pour la conversion de mon mari; mais qu'en attendant je devais me résigner, en mémoire de la passion de notre seigneur Jésus-Christ, afin qu'une action blâmable par sa nature pût devenir méritoire. Cette décision me déplut....; je consultai un avocat; il loua mes inclinations, et me trouvant pucelle, il me prit pour élever ses enfans, qui n'avaient plus de mère. Il cultiva soigneusement mon éducation, me reçut quelquefois dans sa couche, où sa gravité ne me permettait d'entrer que par les pieds, et m'imposa l'obligation révoltante de le provoquer par les rafinemens honteux de la débauche.... La supériorité hautaine qu'il exerçait sur moi me rendit ingrate. Je m'attachai à un comédien allemand, qui m'enleva de chez mon protecteur. Il lui tardait de connaître Dryden, le fameux auteur d'*Absalon* (43). Nous nous embarquâmes dans ce dessein, pour l'Angleterre, où je ne suis pas fâchée d'être venue, puisque j'y ai fait votre aimable connaissance, milords, monsieur et mesdemoiselles. »

La société fut sensible à cette politesse. Gloritz embrassa la jolie Romaine et la laissa continuer, quoiqu'il eût envie de l'interrompre.... On lui permit seulement de boire à sa santé.

« Jamais je ne fus aussi heureuse qu'avec cet artiste : les égards qu'il me témoignait m'avaient réhabilitée dans l'estime publique. Je serais demeurée vertueuse sans effort, si je ne l'avais fait périr par excès d'amour.... Réduite à me nourrir de ma douleur, ou à m'en consoler par les plaisirs de la table et du lit, je préférai ce dernier parti.

» Je ne cherche point dans mon état les agrémens et les honneurs attachés à une conduite régulière ; ce serait me tourmenter en vain. Ne pouvant être assimilée à ces demoiselles qui sont exclusivement en possession de mériter les hommages des gens de bien, je m'étudie du moins à plaire aux sectateurs de la volupté.

» Je ne porte point mes yeux dans l'avenir, afin de ne pas troubler les jouissances du présent par des inquiétudes superflues. »

CHAPITRE XXIX.

Histoire de Thalie. — Aventure singulière à laquelle son mariage donne lieu.

« VENISE est ma patrie. Olya, l'une des femmes les plus renommées de ce corps fameux de courtisanes que le doge protège, en reconnaissance des services qu'elles rendent à l'état, dont elles maintiennent la prospérité par les plaisirs et la pompe du carnaval, où les étrangers viennent contempler leurs charmes et mériter leurs faveurs ; Olya me mit au monde, il y a environ vingt ans.

» Selon l'usage, on passa, pardevant notaire, un contrat en vertu duquel ma mère promettait, pour deux cents sequins (44), si la petite vérole ne me défigurait pas, et pour le tiers, dans le cas contraire, de me livrer, plus vierge que *l'immaculée conception*, à une dame qui faisait ce commerce, et attendait impatiemment que je fusse bien formée, dernière condition mise à ce marché par la tendresse de ma chère maman.

» Je fus confiée à un membre du conseil des *Priés* (45). Il eut de moi le plus grand soin, pendant dix mois. A cette époque, j'accouchai d'un fils beau comme le jour; je voulais le nourrir de mon lait, dans la crainte qu'il ne fût négligé par une autre: d'ailleurs, je n'étais pas fâchée que l'on entrevît mon sein, toujours d'une blancheur éblouissante, et dont l'extrêmité conservait une fraîcheur que mon amant ne cessait d'admirer... Le cruel !... il essaya d'étouffer dans mon cœur les sentimens de la nature; il prétendit m'enlever mon enfant...; je tentai de le toucher par mes prières et mes caresses, mes larmes et mes sanglots....; il demeura irrévocablement inflexible....; un délai de quinze jours me fut accordé, sur l'ordre du médecin. Je me vengeai par des refus qui irritaient les désirs du sénateur.... Je ne sais s'il commit le plus grand des crimes; mais je perdis l'objet de ma tendresse.... Je portai sur mon tyran des jugemens accusateurs....; il me devint odieux....; je n'en reçus plus que des reproches relativement à mon indifférence....; il me soupçonna d'en aimer un autre; cela était bien faux. Sa froide barbarie me rendait injuste envers le reste des hommes... Le chagrin le fit boire; quand il était ivre, j'avais peine à résister à ses emportemens....

» Un jour, en allant à S.-Marc (c'est notre église patriarchale), je formai la résolution de rompre mes fers.... Pendant l'office, je me déterminai à ne plus rentrer chez mon bourreau.

» Un ecclésiastique qui avait une physionomie vénérable m'inspira de la confiance....; je m'informai de sa demeure; j'allai le prier de me donner quelques conseils salutaires. Il blâma ma conduite sans beaucoup l'examiner, et justifia pleinement mon persécuteur de l'infanticide dont je le croyais coupable. Je me vis en danger chez ce prêtre.... Je feignis le repentir et la volonté de tout pardonner.... Il me donna sa bénédiction, promit de garder le silence sur ma démarche, et me congédia. Je n'avais pas un pied dans la rue, que je fondis en larmes. Un officier m'accosta, me plaignit, me consola et m'engagea à le suivre; je le fis. Il me demanda des détails exacts sur ma position, je les lui donnai, il me crut, m'invita à chercher une maison honnête où je pourrais être demoiselle de boutique, et me donna quelques sequins pour subsister en attendant que j'eusse trouvé ce qui me convenait. Je ne le quittai point sans regret; c'était un homme de quarante ans, fort doux et plein de franchise. Je lui rendis visite peu de temps après, et le priai de me placer. Cette déférence volontaire à ses avis le prévint en ma faveur; il me présenta à un de ses amis, père de deux jeunes personnes, dont l'aînée avait mon âge et une grande sensibilité. Elle me prit en affection dès que je fus installée chez ses parens pour le service du comptoir. Nos ames semblaient faites l'une pour l'autre; nous nous aimions comme des sœurs....

» Nous passâmes quelque temps dans une douce intimité. J'étais heureuse et ne pensais pas que mon bonheur pût avoir de terme, quand mon amie fut attaquée d'une maladie ou plutôt d'une fureur fiévreuse que les médecins appelaient tantôt consomption, tantôt nymphomanie, et dont elle mourut avant qu'ils fussent d'accord sur la dénomination qui lui convenait.

» Peu après, je fis la connaissance d'un pérégrinomane, qui venait souvent nous entretenir de ce qu'il avait vu dans ses différens voyages. Aucun homme ne parlait des femmes avec plus d'intérêt, et personne ne me dit jamais des choses plus obligeantes. Il me communiqua sa manie de parcourir le monde, et me proposa de le faire avec lui. M'ennuyant beaucoup depuis la mort de ma compagne, et le trouvant fort aimable, j'acceptai sa proposition sans me faire long-temps prier.

» Nous vécûmes pendant six mois dans la meilleure intelligence. Je voulus informer un prêtre et un notaire de notre intimité; il haussa les épaules.... Nous quittâmes l'Italie quand je lui eus parlé d'union légitime : cet hétéroclite haïssait tout engagement qu'il ne pouvait rompre à volonté.... Il me conduisit en Angleterre, qu'il appelait le pays *du bon sens*. Arrivés à Londres, il me procura tous les plaisirs qui font le bonheur des femmes jeunes et riches. Le titre d'épouse me manquait, et cela suffisait pour que je le préférasse à tout.... A force d'importunités, je le reçus solemnellement.... Trois mois après la célébration de notre mariage, je n'étais plus la même, ou il avait changé de caractère: je le trouvais détestable...., je le maudissais du matin au soir....; il attribuait cela à la certitude dans laquelle je vivais de pouvoir lui déplaire sans craindre d'être expulsée de sa maison. Moi, qui ne formais aucun calcul d'intérêt, je le traitais de fou; il en riait et me disait qu'il saurait mettre fin à mes tourmens.... ; je l'en défiais..., il me tint parole.... Le mois suivant, il partit paisiblement et me laissa une lettre conçue en ces termes :

» *Thalie, je désirais voir toujours en toi l'amie de mon cœur...., et mon amour ne t'a point suffi.... ; tu as préféré devenir une épouse ordinaire, à conserver les droits d'une maîtresse adorée. Je plains ton inexpérience ; mais ne voulant pas que tes caprices nuisent à mon bonheur, je vais au midi du Nouveau-Monde, et te laisse au nord de l'ancien ; c'est le moyen de ne nous faire aucun mal : il me convient mieux que tout autre.*

» *Je te donne autant d'écus que nous avons passé de nuits ensemble depuis que nous sommes nuptialement bénis... Dans toute l'Europe, une femme qui est chargée de son ménage ne saurait gagner, par jour, davantage.... Souviens-toi, désormais, qu'il n'y a qu'une amante dont les caresses n'ont point de prix....*

» *Je te souhaite toutes sortes de prospérités.*

» *Je ne signe pas cette lettre, dans la crainte de publier moi-même la folie que je me reproche, parce qu'elle a détruit la douce union de nos cœurs.*

» *Adieu.* »

» Cette leçon me mit dans un état pitoyable.... ; je me vengeai sur les meubles, je prodiguai le peu d'argent que mon fugitif avait mis pour la dernière fois à ma disposition.

» Je ne tardai point à venir dans cette maison, faire vœu d'un éternel célibat. Quelquefois, je le confesse, je regrète amèrement mon original; mais aujourd'hui, charmans disciples de la volupté, vous me faites perdre le souvenir de mes malheurs. »

Hémandel aurait voulu terminer

cette réunion par des réflexions utiles, mais Gloritz et Poodbie brûlaient de jouir.... On but, on rit, on plaisanta, on fit de nouvelles espiégleries, et enfin l'on se sépara.

CHAPITRE XXX.

Moyens infâmes dont se sert Géréon pour abuser de Catherine, domestique de l'auberge.

Catherine n'ose éteindre sa chandelle ; elle craint l'obscurité. Les parties de son cabinet, faiblement éclairées, lui causent de l'inquiétude ; ses yeux y sont sans cesse fixés ; elle roule dans sa pensée les choses singulières racontées par M. Malk (c'est le nom supposé de Géréon) ; elle regrette vivement le jeune guerrier ; mais son imagination, intimidée dès l'âge le plus tendre par des contes de revenans, échauffée par une conversation qui confirme et fortifie les terreurs de sa nourrice sur le même sujet, l'agite péniblement et l'empêche de fermer l'œil, tant elle a peur d'être visitée pendant son sommeil.... Cependant, excédée de fatigue, elle s'endort malgré les efforts employés pour combattre le besoin pressant qu'elle éprouve de prendre quelque repos.

Des songes effrayans lui présentent mille spectres disposés à la tourmenter. Elle voit son amant au milieu des flammes; il veut s'en échapper, des démons l'y replongent et lui jettent au visage des brasiers ardens.... Elle se reproche de n'avoir pas été assez tendre envers lui.... Si du moins nous nous étions prouvés notre amour, se dit-elle, tandis qu'il était sur la terre, il se consolerait par d'agréables souvenirs... L'image d'un bonheur passé, serait une distraction précieuse dans ses peines actuelles; mais il n'a jamais été heureux dans ce monde, et le voilà condamné à endurer dans l'autre des tourmens qui n'auront peut-être jamais de terme....

Malk ouvre doucement la porte, s'approche de son lit avec précaution, la trouve dans un état avantageux à ses projets, entend ses soupirs, ses sanglots, et articule d'une voix mourante ces paroles : *Catherine, Catherine!... ayez pitié de moi!... secourez moi!...*

Elle fait un mouvement.

Il ouvre les rideaux avec fracas, lance contre le mur quelque chose de fragile, s'éloigne, écoute et n'entend rien.

— Vous êtes donc insensible à mes prières, chère Catherine?....

Rien encore....

Il revient et lui coupe une pincée de cheveux....

— Catherine, je les porterai toujours sur mon cœur....

Aucun signe de réveil.

Il lui passe la main sur la figure; elle est couverte de sueur; il touche sa poitrine, et la croit soulevée par une passion violente.... Ses parties les plus secrètes sont examinées par une main libidineuse et caressées avec délicatesse. La dormeuse y porte les doigts, il lui applique un baiser lascif et se retire....

Catherine l'appelle.

Il feint de s'habiller et accourt promptement; il s'assied à côté d'elle et s'informe du sujet de ses alarmes.

— Monsieur, il est certainement venu, il n'y a pas long-temps; j'en suis encore toute saisie....; néanmoins, le pauvre garçon ne m'a fait aucun mal....

— Vous vous trompez surement, je n'ai rien entendu.

— Oh! monsieur, non.... je l'ai bien senti, moi.... il m'a touché.

— Où? ma fille.

— Il m'a... il... il m'a embrassé, mais embrassé de si bon cœur, que je ne saurais lui en vouloir...

— Puisque ce n'est rien, continuez de dormir, je vais me retirer. Adieu, Catherine.

— Adieu, monsieur.

Le lendemain, en ouvrant les yeux, Catherine aperçoit des éclats de poterie épars sur le plancher; elle ne doute plus de la visite du revenant; elle en parle au moine, qui accroît sa crédulité en affectant de la rassurer.

— Cette nuit j'aurai du feu continuellement. Soyez sans inquiétude, ma bonne; dès que vous pousserez un cri, je volerai à votre secours, comme je me trouverai....

Aussitôt qu'il la croit endormie, il vole auprès d'elle, lève la couverture avec précaution, se permet les attouchemens de la veille,... et se livre à la violence de ses désirs.... La jeune fille jette un cri de douleur et d'amour.... ; il la laisse partagée entre le plaisir et la crainte.... ; l'infâme se retire, satisfait d'une victoire qui lui en promet de plus importantes....

A son réveil, Catherine n'ose s'interroger sur la nature des sensations qu'elle vient d'éprouver, ni se plaindre de l'impression déchirante qui a précédé l'ivresse de ses sens.... ; elle ne tarde point à se rendormir, sans doute pour reposer encore comme cela....

Malk revient, tâte comment elle est tournée, lui trouve le visage vers la ruelle et les reins au bord de la couche... Ses regards avides parcourent des appas qui l'enflamment.... ; sa lubricité le porte à saisir une aussi heureuse circonstance... ; mais il s'aperçoit, aux palpitations de la jolie dormeuse, que son repos est léger... Que fera-t-il ?... Une idée singulière se présente à son esprit ; elle est propre à nourrir la crédulité de sa victime et à lui donner sur elle un empire absolu.... ; le fourbe s'y arrête et renonce au projet conçu d'abord par sa passion.

Il va chercher de la lumière, la cache, prend celle de Catherine, reporte la sienne, et se munit d'un bâton de cire d'Espagne très-fine; puis il approche avec la chandelle, et applique de cette cire enflammée sur les reins de la pauvre Catherine.... Elle ne peut supporter la vivacité de la douleur, elle se croit déchirée par tous les diables, elle veut appeler; mais un effroi invincible glace ses sens.... ; elle perd connaissance.... Le cénobite s'habille, revient aussitôt, lui donne des secours, lui adresse mille questions, lui fait croire qu'il a entendu le cliquetis de grosses chaînes et un bruit épouvantable qui l'a éveillé en sursaut; qu'il est accouru sur-le-champ, mais que, s'étant trompé, il va se recoucher...

Catherine, toute tremblante et le derrière écorché, certifie qu'il n'a que trop bien entendu, que son amant l'a visitée; mais que, sans doute pour l'en punir, l'esprit-malin était venu ensuite la marquer au derrière, du sceau de la réprobation.

Malk soutint le contraire, jusqu'à ce qu'on lui eût, après cent difficultés, mis le doigt sur l'excoriation....

Il la plaignit beaucoup, exagéra le mal, et posa un appareil sur la plaie. Il était brûlant d'impudicité; mais il réfréna ses désirs, pour conserver l'influence qu'il avait acquise sur l'imagination ardente de Catherine.

CHAPITRE XXXI.

Catherine est chassée de l'hôtellerie. — Vol commis par le moine. — Il va rejoindre la jeune fille. — Vengeance de Géréon. — Evénement affreux. — Onelly tombe au pouvoir du cénobite.

On ne s'entretenait le lendemain, dans l'auberge, que de revenans, d'esprits-follets, de sorciers. Plusieurs voyageurs s'en allèrent ailleurs. Malk lui-même parla d'un prompt départ. La maîtresse de la maison était indignée de tous ces contes, et outrée de colère envers la domestique, qui lui répondait en montrant ses beaux cheveux, coupés par le revenant. La pudeur l'empêchait d'en dire davantage. L'hôtesse coucha la nuit suivante, dans la chambre de Catherine, et celle-ci dans l'appartement de la veuve. L'esprit ne revint ni dans l'une, ni dans l'autre; il profita de la connaissance qu'il avait des plus petites cachettes de la maison, prit l'argenterie à l'aide de fausses clefs, alla l'enterrer dans un champ voisin, rentra tranquillement, et dormit dans la plus complète sécurité.

Le jour suivant, la maîtresse du logis accusa Catherine d'imposture; celle-ci montra le coup de griffe de Satan, pour se justifier....; on lui pardonna ses visions en faveur du stygmate; mais on la crut dangereuse par sa bêtise; elle fut renvoyée. M. Malk lui en témoigna ses regrets, en l'engageant à se rendre à Londres, dans une maison indiquée, où il promit de l'aller voir dans peu. Dès qu'elle fut partie, il paya son auberge et ne s'en alla que quand on eut connaissance du vol. Aussitôt il conseilla à l'hôtesse de retenir tout son monde en charte privée, jusqu'à ce que l'on eût pris les plus grandes informations et visité toutes les malles. Elle le remercie, et le prie de passer chez l'officier public pour arranger cette affaire et ordonner des poursuites contre Catherine. Malk sort, va déterrer son trésor, et prend la route de Londres.

A son arrivée dans cette ville, il s'adresse à des juifs, convertit son argenterie en bonnes guinées, et rejoint sa dupe. Ma pauvre Catherine, lui dit-il, notre sûreté commune exige les plus grandes précautions.

— Qu'y a-t-il donc? mon cher M. Malk.

— Ta maîtresse a été volée la nuit que tu as passée dans sa chambre. On s'en est aperçu immédiatement après ton départ. Tous les étrangers ont fait tomber leurs soupçons sur ta personne.

Je voulais te défendre; mais, voyant que cela pourrait me valoir une prévention de complicité, je me rangeai parmi tes accusateurs, afin de venir sans aucun retard te sauver par mes conseils....

— Je vous rends grâce, mon bon monsieur; que ferais-je, en reconnaissance d'un si grand service?

— Rien, mon enfant, rien... Travaille à ton bonheur...., sois toujours vertueuse....; je ne t'abandonnerai jamais.... Tu iras demain chez une dame Fisher, dont je te parlerai; tu lui apprendras tes malheurs, tu te diras sans aucun appui et forcée de te prostituer, si tu ne trouves point promptement une condition. Dans le cas où elle aurait besoin de toi, tu y entrerais sur-le-champ. Tous les lundis et les jeudis, à pareille heure, tu viendras dans cette maison, si tu ne m'indiques point avant lundi d'autres moyens de nous voir.

— Oui, monsieur, je vous témoignerai ma reconnaissance le plus souvent que je le pourrai. Elle suivit son avis, et s'en trouva bien. On l'accueillit avec bonté, pour éviter qu'elle ne s'adonnât au libertinage.

Géréon, alors certain d'être instruit de tout ce qui se passerait entre Ambroise et son épouse, résolut de se venger des menaces qu'elle lui avait faites. Il écrivit anonymement à l'ébéniste, et lui dévoila les faiblesses amoureuses que sa femme avait eues avant leur mariage. Fisher, furieux, maltraita sa compagne, et se porta même à des excès envers Catherine, qui la défendait avec courage. Le moine, informé de ces scènes déplorables, en frissonna de plaisir, et retira la jeune fille d'une maison qui ne pouvait plus être pour elle, disait-il, qu'un lieu de scandale.

Elle lui répondit qu'elle le sentait

bien, mais que cette pauvre dame Fisher lui inspirait tant d'intérêt, qu'elle ne la quitterait pas volontiers.

Mon enfant, répliqua le cénobite, vous ne connaissez pas tous les replis du cœur humain. Défiez-vous de votre extrême sensibilité, elle vous perdrait.... Peu de femmes possèdent vos vertus, votre ingénuité; celle dont il est ici question doit être bien coupable.... Des personnes dignes de foi assurent que son mari est pieux, indulgent et bon; elle aura fait un abus trop révoltant de son aveugle confiance. Je veux d'ailleurs vous placer d'une manière beaucoup plus avantageuse. Catherine obéit, mais ce ne fut pas sans chagrin.

Elle devint la fille de confiance de M. Malk, et se trouva honorée de cette faveur. Il faisait, sous le nom de Sweetly, des libelles dont il tirait beaucoup d'argent, sans courir le moindre danger.... Il n'attaquait que les membres intègres du parlement, chantait les louanges des maîtresses de Charles II, vantait l'excellence du catholicisme-romain, et se plaignait énergiquement de ce qu'il appelait la dangereuse indulgence du monarque envers le parti de l'opposition....

Il fit croire à sa servante qu'il avait parié beaucoup d'or que milady Gloritz ne méritait pas la réputation de vertu dont elle jouissait; qu'elle était d'une familiarité outrée avec un Français, ami de son frère, et huguenot comme lui. Catherine, abusée, se chargea de surveiller sa conduite, trouva l'occasion de se lier avec une des domestiques de la jeune lady, et mit Sweetly dans la confidence de tout ce qui se faisait chez elle. Peu de temps après, il apprit que Gloritz, Hémandel et Onelly devaient faire une cavalcade à quelques milles de Londres.

Géréon prit si bien ses mesures, qu'ils furent attaqués brusquement par une troupe d'hommes masqués, qui les attendaient à une heure de distance de la ville. Ils blessèrent grièvement Adolphe, renversèrent Georges dans la poussière, se saisirent de la jeune personne, et la livrèrent entre les mains du moine, dont elle ne put soutenir les regards sans tomber dans une espèce de syncope qui fit perdre au cénobite l'espérance de jouir de son crime.

CHAPITRE XXXII.

Tableau déchirant. — Affliction profonde d'Adolphe. — Consolations de Georges.

GLORITZ, étourdi de sa chûte, se traîne péniblement auprès d'Hémandel, dont la jambe est démise et le crâne légèrement fracturé.

Les aggresseurs avaient coupé les jarrets des chevaux montés par les deux cavaliers, et malgré les recommandations impératives du cénobite de ne leur faire aucun mal, ils les avaient blessés, ne pouvant en triompher sans terrasser Georges et asséner un coup de massue au jeune François, que l'amour avait transformé en Alcide.

Le lord ne souffrait que de quelques contusions, mais son ame était déchirée de la perte de sa sœur et de la situation d'Adolphe, qui paraissait ne pouvoir échapper à la fièvre du désespoir ou à la faux du trépas. Les rides de la douleur sillonnaient son front, la mort était dans ses yeux, et ses lèvres ne s'ouvraient que pour prononcer le nom d'Onelly. Il serrait étroitement la main de Georges, et l'appuyait sur son cœur avec l'expression d'un ami qui donne à son ami les dernières preuves de son attachement. Gloritz résistait difficilement à tant d'épreuves, sentait faiblir son courage, et craignait à chaque instant d'avoir à regretter le confident intime de ses plus secrètes pensées.

Le spectacle d'un homme jeune, beau et couvert de sang, dans les bras fatigués d'un lord de même âge et d'un physique avantageux, auprès de chevaux superbes et mutilés, présentait aux passans une de ces scènes attendrissantes qui commandent l'intérêt et dans lesquelles il êst si agréable de jouer le rôle sublime de consolateur; aussi, sans attendre que de la poitrine oppressée de Gloritz sortissent des sons implorateurs, on porta Hémandel, avec le plus grand soin, chez un chirurgien dont la maison était éloignée d'un mille du grand chemin. Georges passa la nuit auprès de son ami.

Le lendemain, il instruisit en partie son père de cet affreux événement, et lui apprit qu'Adolphe étant blessé à la tête, cet accident les forçait de différer leur retour.

Il envoya au ministère public le signalement de Géréon et ce qu'il avait pu recueillir d'indices relativement au rapt et à la fuite des ravisseurs.

L'esculape, après avoir lavé et bien examiné la plaie, déclara qu'elle n'était pas dangereuse, que le malade avait un frisson occasionné par le chagrin et l'inquiétude, qui seraient plus difficiles à dissiper que sa blessure à guérir. Cet avis soulagea Gloritz; pour son ami, il ne dit que ces mots : *Je suis donc le plus malheureux des hommes!...*

— Ne vis-tu plus pour l'amitié?

— J'étais heureux par l'amour...

— Ce n'est pas la première fois que nous perdons ma sœur; la justice déjouera de nouveau les complots de la perfidie....

— Géréon ne s'empressera-t-il point de jouir du succès de son crime? et alors....

— Si ton Dieu existe, peux-tu croire que le bien soit impossible, parce que le méchant semble tout soumettre à sa perversité?

— Ah ! je renais à l'espérance, quand je songe que les prospérités du vice n'ont pas plus de stabilité que la poussière chassée par l'aquilon.

— Repose donc en paix, et ne sois pas à toi-même plus funeste que le sort qui nous poursuit... Je te laisse...

Il était temps que Georges s'éloignât du malade ; il se contraignait trop en lui tenant ce langage, démenti par son attachement à sa sœur et par ses principes philosophiques.

CHAPITRE XXXIII.

Dialogue intéressant entre le moine et milady Gloritz. — Géréon adoucit le sort cruel de sa victime.

GÉRÉON place sa victime dans une voiture, appuie sa tête mourante sur une de ses mains qu'il tient immobile, et n'ose la considérer dans l'état inquiétant de défaillance où elle est plongée.

Après avoir pris quelques routes peu pratiquées, ils arrivent à la ferme d'un des ravisseurs. Le moine essaie de descendre Onelly ; il la trouve sans connaissance, sans chaleur, sans aucun signe de vie ; il la prend dans ses bras tremblans, la porte dans un cabinet qui lui est destiné, et tombe à ses pieds, où la puissance des remords le tient comme enchaîné...; il y jure de respecter la jeune lady s'il parvient à lui rendre la respiration. Ce n'est plus la soif des sens qui le brûle, la situation alarmante de l'objet de sa passion criminelle et la certitude d'une possession durable, l'ont rendu à la raison, au repentir, à la nature....

Soulagé par la résolution louable de ne pas recourir à la violence, mais de tout attendre de ses bons procédés, il s'approche d'Onelly, l'expose à l'air atmosphérique, et lui fait respirer des sels volatils. Elle ouvre enfin les yeux à la lumière; ils se referment aussitôt, elle change de position et laisse exhaler quelques laborieux soupirs.

Le cénobite presse de ses mains timides un des bras nus de la charante Gloritz. A ce contact, elle reprend ses forces, le regarde fixement, et s'épanche contre lui en reproches amers.

— Jusques à quand me poursuivras-tu, implacable Géréon ?... Ciel, vengeur des forfaits, tu m'abandonnes à la merci d'un monstre dont les vêtemens sont teints du sang de mes proches!!!... mais au défaut de ta justice, ne dois-je pas chercher un asyle dans les bras glacés de la mort ?... Vil assassin, tu verras triompher la vertu au sein même du crime....

— Si je suis le plus coupable des hommes à vos yeux indignés, j'en suis le plus amoureux à ceux de l'éternel dont vous appelez la vengeance sur ma tête... il m'est témoin que mon désir le plus violent ne vous coûtera aucune larme; que mes fautes sont le jeu cruel d'une aveugle fatalité; que des soins sans nombre vous seront prodigués ; que mes attentions effaceront vos peines; que mes vertus vous feront perdre d'affreux souvenirs; que vous.... Ah!.... je n'acheverai point, Onelly; quand ce mot enchanteur sortira de votre bouche... tout sera réparé....

— Homme astucieux!... tu prétends en vain m'attendrir sur tes écarts funestes... Des vertus ne sauraient habiter dans le cœur du meurtrier de ma tante, de l'assassin d'Hémandel; il est la demeure des furies, ce cœur pervers...

— Il peut disposer de la vie de votre père, de celle de votre frère, et sa générosité a épargné un rival préféré...

— N'ai-je pas vu Adolphe étendu par terre, baigné dans son sang?

— J'avoue que sa résistance imprudente a fait outrepasser mes ordres; je ne voulais pas que cette journée fût si malheureuse; vous le savez, milady;

mais il respire, et c'est mon ouvrage....

— Vous me trompez, Géréon; je ne suis pas la dupe de votre humanité simulée.... vos salariés l'auront égorgé dans mon absence.... vous ne pouviez avoir d'autre dessein....

— Je vous jure qu'il vit, il n'a reçu qu'un coup de bâton à la tête. Je vous donnerais de ses nouvelles si vous consentiez à me pardonner....

— Mon frère et lui sont donc entre vos mains.... mais non, Georges vous est échappé, Adolphe n'existe plus....

— Nous les avons laissés sur le grand chemin, parfaitement libres. Votre frère se porte bien; la blessure d'Hémandel se guérira. Il a été frappé sur la partie la plus compacte et la mieux ossifiée du crâne.... Je puis m'assurer de leurs personnes, mais je ne fais jamais le mal sans un arrêt de la nécessité....

— Puis-je vous croire sur parole ?... Rien n'est sacré pour vous...

— Ma bienveillance, milady, veut surpasser votre incrédulité... Ecrivez sous ma dictée, à votre père, sa réponse vous convaincra de ma véracité.

— J'accepte cette offre avec empressement.

— Vous ne m'interromprez point par des observations ; elles seraient vaines.

— Je vous conjure de ménager la sensibilité de tout ce qui m'est cher...

— Soyez moins défiante, divine Onelly ; vous n'aurez point à vous plaindre.

« Mon vénéré père,

» Je suis à la disposition d'un homme qui prétend m'adorer, qui a des égards pour moi, qui me respecte, qui désire me mériter et non me faire violence, qui m'assure que mon frère n'est pas malade et que monsieur Hémandel vit encore.

» Je me porte assez bien; il me tarde, mon très-honoré père, de recevoir une réponse par la voie qui vous sera indiquée.

» Permettez-moi de vous embrasser tous respectueusement.

» ONELLY GLORITZ.

» *P. S.* Les recherches exposeraient ma vertu et demeureraient sans succès. »

Elle remercia Géréon de cet adoucissement à son sort, conçut quelque espérance, sentit toutes les facultés de son ame reprendre leur primitive énergie, et le pria instamment de ne pas négliger l'envoi de la lettre. Il sut profiter du calme dont elle jouissait pour lui faire prendre un verre d'excellent vin et manger un peu de volaille. Dès qu'elle eut accepté la nourriture qui lui était présentée, il l'engagea à se reposer des fatigues de leur voyage, se retira avec décence, et fixa son retour au moment où il recevrait une lettre du lord Gloritz. C'était le seul moyen de reparaître avec avantage; il le saisit parfaitement, et la plus vertueuse des femmes désira la présence du plus coupable des ravisseurs.

CHAPITRE XXXIV.

Vives inquiétudes du vieux lord. — Une lettre de son fils les accroît. — Une autre lettre d'Onelly brise son ame. — Retour des deux amis.

Le vieux lord était inquiet de l'absence prolongée de ses enfans et de leur ami, qu'il se plaisait à regarder comme son gendre. Il se fatiguait l'imagination pour deviner la cause qui les retenait loin de lui. Tout ce qui peut occasionner un retard à des jeunes gens il le supposait, excepté l'accident fâcheux dont ils étaient les victimes innocentes.

Ses incertitudes se dissipèrent à la lecture de la lettre suivante :

« Mon père,

» Ne m'accusez point de négligence à revenir auprès de votre personne chérie. Dans la maison de M. Kinghtly, où nous sommes par circonstance, je souffre autant que le peut un fils tendre et respectueux à qui il tarde de revoir l'auteur de ses jours, et cependant je ne suis pas le plus à plaindre.... J'ai le corps meurtri : c'est l'effet d'une chûte de cheval. Hémandel a reçu à la tête un coup qui lui fait garder le lit. Ma sœur n'est pas blessée; mais son affliction ne trouve rien qui l'égale : nous sommes malades de sa douleur.

» Nous ne tarderons point à rentrer dans la ville : nos cœurs ont besoin de s'épancher dans le vôtre.

» Nous vous prions respectueusement de nous honorer toujours de votre amitié.

» G. GLORITZ. »

Le lord fut en proie à mille anxiétés, après avoir vu le contenu de cette lettre. Il attribuait la tristesse de sa fille à la situation de son amant; la sensibilité d'Onelly lui faisait craindre qu'elle eût été trop violemment agitée par l'événement périlleux dont il cherchait la cause, que lui cachait le style confus et embarrassé de Georges. Son ame se remplissait d'alarmes; il ne pouvait la soulager qu'en allant questionner les objets de ses affections; aussi se résolvait-il à prendre ce parti au moment où il entendit frapper à sa porte avec une force extraordinaire. C'était un quidam porteur d'un paquet qu'il remit sans articuler une seule parole, et qui s'en alla sans attendre qu'on y eût jeté les yeux. Milord Gloritz l'ouvrit avec vivacité; il contenait la lettre d'Onelly et un avis sur la manière de lui faire parvenir sa réponse. Tout en parcourant les caractères destinés à le rassurer, le vieillard tremblait sur le sort de sa fille.... ; il ne put retenir ses larmes.... ; il eut à peine la force de tracer ces mots :

« Onelly est toujours ma bien-aimée ; toujours elle se montrera digne de ma tendresse et de mon estime. Les inséparables vivent pour elle, comme elle vit pour la vertu.

» Je remercie les hommes de tout le mal qu'ils ne lui font pas, et Dieu de tout le bien qui peut encore lui arriver.... Je la presse sur mon cœur.

» E. GLORITZ. »

Ce malheureux père sentit son courage l'abandonner, en se voyant seul dans cette affreuse conjoncture ; il pensait que sa fille serait inévitablement violée par son ravisseur... Cette idée cruelle le tourmentait sans cesse ; il aurait voulu porter aux inséparables la lettre d'Onelly ; mais il n'osait sortir, de peur qu'il n'arrivât un nouveau message ou toute autre nouvelle propre à jeter quelques étincelles parmi les épaisses ténèbres qui obscurcissaient des scènes qu'il était impatient de bien connaître. Il demeura dans cet état sinistre jusqu'à l'arrivée de Georges et d'Adolphe. On conçoit facilement combien, après une aussi déplorable absence, leurs serremens de main durent être énergiquement expressifs...

Tous trois se regardaient sans oser parler d'Onelly.... Le vieillard leur remit la lettre qu'il en avait reçue. Hémandel rendit grâce au ciel de ce qu'elle avait su apprivoiser un tigre. Georges les consola un peu, en leur faisant espérer qu'ils la reverraient bientôt, et sortit pour empêcher qu'on ne donnât de l'éclat aux recherches à diriger contre le moine et les autres brigands qui l'avaient enlevée.

CHAPITRE XXXV.

Terreurs de la jeune lady. — Un inconnu lui promet de la soustraire à la scélératesse du moine. — Géréon lui apporte une lettre de son père.

L'INFORTUNÉE lady, restée seule avec ses malheurs, dans un cabinet faiblement éclairé, tapissé d'étoffes mobiles, orné de fleurs, de fruits, de gravures, enrichi d'une bibliothèque qu'elle ne pouvait ouvrir; mais à côté de laquelle se trouvaient, sur un secrétaire, l'*Arioste*, traduit par Harrington, le *Tasse*, par Fairfax, et plusieurs pièces du théâtre de Shakespear; Onelly, disons-nous, éprouvait les trépidations de l'incertitude, et désirait le retour du cénobite.

Depuis son départ, elle n'entendait pas le moindre bruit, prenait sa bougie, s'approchait des tapisseries, y posait une main timide, s'appercevait, en tremblant, qu'elles n'adhéraient à aucun mur, et que sa chambre était disposée en sorte qu'on pût voir ses moindres mouvemens sans être découvert. La vibration d'un balancier l'attira dans un des angles du cabinet, où était une horloge qu'un rideau dérobait aux regards curieux; elle le tira avec vivacité pour voir l'heure qui s'écoule si lentement dans de semblables conjonctures : un squelette hideux jeta la terreur dans son ame effrayée; elle tomba à la renverse, et perdit sa lumière.... Mille clartés parurent tout-à-coup à travers les tapisseries transparentes. Elle ne savait si le témoignage de ses yeux ne la trompait pas... L'obscurité l'enveloppa une seconde fois de ses ombres...; tout son sang se glaça d'effroi.... ; elle eût appelé le moine lui-même à son secours, si elle l'avait pu sans exposer sa pudeur aux outrages de l'impudicité.... Un froissement prochain et le cri d'une porte tournant aigrement sur ses gonds, accrurent ses alarmes... Peu-à-peu sa raison reprit son empire ; elle fit quelques pas, et se heurta le pied contre un corps qui céda à son mouvement. Etendant les bras pour ne pas se blesser, elle rencontra ceux d'un être vivant, voulut s'échapper et crier ; mais l'inconnu la tint étroitement embrassée. Quoiqu'étonnée de ces caresses ardentes, Onelly sentit bien qu'elle n'avait point affaire à Géréon ; le rival du moine s'échappa avec dextérité. Quelques minutes après elle lut dans l'éloignement, en lettres azurées : *Un bon génie veille sur vous ; la vertu trouvera sa garantie dans son silence sur cette scène.* Le cabinet resta magnifiquement éclairé jusqu'au moment où Onelly n'eut plus besoin de lumière; elle ne se déshabilla point, pour mieux défendre sa virginité en cas de surprise, et réfléchit une partie de la nuit à ce qui venait de se passer. Un autre que Géréon lui avait donné des marques d'affection; c'était sans doute le génie qui la prenait sous sa garde. L'espérance d'échapper à son ravisseur et le besoin du repos lui permirent de goûter les douceurs du sommeil dans une maison qu'elle regardait comme l'asile du mystère et le tombeau de l'innocence....

A peine le jour commençait-il à poindre, que le moine vint frapper à la porte, fermée en dedans. Onelly s'éveilla en sursaut, ouvrit avec inquiétude, et lui demanda vivement s'il effectuait sa promesse.

— Je viens savoir, charmante Gloritz, comment vous avez passé la nuit, qui a été pour moi un siècle de tourmens, parce que je vous croyais inquiète, et que je n'osais reparaître avant l'aurore, de peur de vous déplaire....

— Vous auriez une réponse à me remettre, s'il vous tenait à cœur de me tranquilliser, autant qu'on peut l'être toutefois quand on se trouve à la merci de gens qui s'abreuvent des pleurs qu'ils font couler....

— Ne serait-il pas trop généreux d'obliger si ponctuellement les personnes qui nous haïssent ?

— Un honnête homme ne manque point à sa parole, et un homme délicat ne craint pas la haine : il ne fait rien pour la mériter....

— Je fais tout, milady, pour en éteindre la flamme que vous entretenez avec une sorte de plaisir... Prenez, voyez et lisez....

— Ah ! c'est bien mon père qui

m'écrit... Ciel ! ils vivent tous deux !!!... Laissez-moi seule, Géréon !... Je vous remercie....

Il la salue avec respect, et se retire, le cœur rempli de son amour....

CHAPITRE XXXVI.

Monologue d'Onelly. — Arrivée du moine. — Heureux incident.

MON père, se dit Onelly, vous arlez à votre fille de sa vertu.... ; il e lui reste que des larmes pour la éfendre.... C'est lui ordonner de ne as survivre à sa défaite.... Ah ! je le ois bien, tout m'impose le devoir imiter la courageuse épouse de ollatin.... Je ne verrais donc plus dolphe... Malheureuse !.... comment urrais-tu soutenir ses regards, si.... rrible idée... mille fois plus affreuse ue la mort.... Il vit pour moi, et oi, ce soir peut-être, je serai morte bonheur, à l'espérance, à la na-re, à l'amour.... Et mon cadavre flétri, en déposant contre ma débilité, attestera mon infortune sans justifier entièrement aux yeux des hommes les derniers momens de ma douloureuse existence.... Je maudirais l'instant où je reçus le jour, si je n'étais adorée du plus aimable des êtres sensibles, et je serais parfaitement heureuse sans le voyage funeste qui me fit connaître du perfide dont je suis la victime.... S'il n'était plu d'espoir, pourquoi attendrais-je à m suicider qu'il se fût satisfait?... Mai on est sans doute à sa poursuite, et s' l'on parvenait à découvrir cette re traite.... je serais perdue avant qu'o pût y réussir.... Ignore-t-il ce qui s passe? Ne suis-je pas menacée de s violence en cas de recherches, d'in formations, de tentatives pour m délivrer du joug affreux de son op pression? Pauvre lady!.... tu es don sans ressource.... Ses larmes, ses so pirs, ses sanglots, ne lui permirent point de continuer ce monologue qu'elle avait prononcé avec la véhémence du désespoir.... Anéantie dans le silence d'une profonde affliction, elle fut arrachée à ses rêveries mélancoliques par les sons agréables d'une voix argentine qui articula ces mots : *Je proportionnerai ma protection à l'audace du ravisseur....* Que ces accens produisirent d'effet sur son ame !.... Elle reprend ses sens, sa fermeté, pense à ses parens, à Hémandel, et renonce au projet de détruire le plus bel ouvrage de la nature....

L'airain frémissait à peine sous le dernier coup de marteau annonçant la douzième heure du jour, que Géréon vint la visiter et l'engager à prendre quelque nourriture. Après avoir bu un peu de vin, les yeux du cénobite s'animèrent ; il s'approcha d'Onelly pour l'embrasser ; elle recula son siége avec effroi. Il saisit une de ses mains et la couvrit de baisers. La crainte s'empara de son ame, elle répandit des larmes. Il lui parla le langage le plus passionné, et ne fit que l'épouvanter davantage... ; elle se leva, il opéra le même mouvement. Il prétendait recevoir sa récompense de la lettre apportée. Elle ne voulut pas lui accorder la moindre faveur. Il paraissait disposé à tout entreprendre.... Le hasard la conduisit dans l'angle où le squelette était placé derrière un rideau. L'emportement du moine lui ôtait toute réflexion : en la tirant à soi, malgré la résistance qu'elle opposait, Géréon fit tomber le chef-d'œuvre de dissection, dont l'aspect inattendu lui en imposa tellement, qu'il fut ébranlé.... Il essaya de rassembler les ossemens fracassés, et remarqua que l'intérieur du squelette renfermait une pendule dont le son funèbre et la boîte composée de débris humains, et l'inscription qui la dominait, rappelaient à l'homme *que la vie n'est qu'un passage hérissé de précipices....* Ses anciens principes de religion, et plus encore ses remords, firent respecter la beauté éplorée.... Le moine se jeta aux genoux de milady Gloritz, invoqua son pardon, et se retira, le repentir dans l'ame, formant en lui-même mille résolutions louables que ses passions indomptées détruisirent bientôt.

CHAPITRE XXXVII.

Etrange message. — Onelly espère recouvrer sa liberté. — Le moine se promet d'assouvir sa passion.

CETTE scène, d'une horreur singulière, mettait la belle captive dans une agitation qui retraçait vivement à son esprit le souvenir déchirant de ses malheurs passés, et lui faisait craindre des événemens plus périlleux et sur-tout plus flétrissans que ceux qui avaient affligé sa sensibilité lors de son premier enlèvement.

Ses réflexions la jetaient dans un abattement difficile à peindre; mais elle en fut retirée par l'arrivée soudaine d'un pigeon, portant dans son bec un message conçu en ces termes :

« Vous êtes, milady, dans le plus imminent danger.... Le génie qui vous protège pourra déjouer aujourd'hui, demain encore, les projets de votre ennemi; mais si vous négligez cet avis, votre perte est inévitable.

» Votre salut dépend de vous.... Ce soir, à dix heures, l'oiseau messager entrera dans le cabinet où l'on cherche à vous séduire... Si le moine est présent, retenez-le; si vous êtes seule, prenez bien garde d'être aperçue : sortez par la bibliothèque; elle masque une porte qui vous sera ouverte.... Vous accepterez le bras de la première personne que vous apercevrez; elle aura le facteur-volatile.... Soyez tous deux familiers, afin que les domestiques, en cas de rencontre, vous prennent pour des jeunes gens de ce hameau.... Une indiscrétion, une imprudence, un défaut d'attention coûterait la vie à votre ange-conducteur...

Le temps des hésitations est passé....
Milady, agissez; encore un coup, agissez.... »

Onelly se croyait dans la demeure des fées, aux prises avec le plus méchant des hommes, et sous la protection d'un sylphe disposé à se revêtir d'une forme humaine pour protéger son innocence.... Cette opinion flatteuse la déterminait, autant que la perversité du moine, à se confier entièrement à un être qu'elle n'avait jamais vu.

Sur les six heures, Géréon revient, dit à la jeune insulaire des choses agréables, se plaint avec délicatesse de son indifférence, et insinue doucement qu'elle peut améliorer sa situation, en se conduisant d'une manière convenable à son état présent. Ses soupirs répondent pour elle...., son silence opiniâtre paraît affecter le cénobite. Il renouvelle ses instances, afin de la convaincre qu'elle doit oublier ses torts; il menace, des promesses l'appaisent; l'on demande et l'on obtient la faculté de prendre quelque repos....

Agité par l'amour, mais rafraîchi par l'espérance, le moine lui saisit la main, la presse sur son cœur, y imprime un baiser furtif, et sort, bien déterminé à ne plus céder désormais une victoire remportée sur lui avec les seules armes de la nature, par une jeune fille sans expérience.

CHAPITRE XXXVIII.

Onelly est ravie au moine. — La foudre délivre la jeune insulaire et punit le crime.

A L'HEURE indiquée, le pigeon arriva; il portait un papier représentant d'un côté un vautour qui déchirait une colombe, et de l'autre une bergère timide à qui un enfant ailé ravissait des baisers. Après avoir laissé tomber ce billet allégorique, l'oiseau s'échappa par une ouverture pratiquée dans la partie de l'appartement où se trouvait l'homme dépouillé des attributs de la force, de la beauté, de l'intelligence; condamné par la mort à l'insensibilité de la matière; employé par l'art à renfermer, où siégeait l'entendement, cette machine ingénieuse qui avertit les mortels de la briéveté du temps, en s'adressant aux sens de la vue et de l'ouïe, sans cependant donner la sagesse d'utiliser les rapides instans d'une existence fugitive....

Onelly crut qu'elle était la colombe et Géréon le vautour; elle se voyait encore dans la bergère timide refusant d'accorder de légères faveurs, et reconnaissait l'esprit aérien sous les traits d'un bel enfant. Il fallait qu'elle optât entre un libérateur et l'assassin de ses proches.... Son choix fut bientôt fait.... : elle ouvrit sans effort les portes de la bibliothèque, n'y vit aucun livre; mais une libre issue conduisant dans un parc fort vaste, où elle rencontra un jeune homme charmant; c'était son sylphe, son génie, son sauveur.... Il l'embrassa tendrement, elle n'osa résister; il devint entreprenant, elle se défendit avec succès.... Voyant qu'il n'exerçait point encore assez d'ascendant sur son esprit pour en triompher, il voulut faire valoir les services qu'il lui avait rendus.

« Je suis, dit-il, le baron Hattsell; c'est moi que vous avez heurté dans l'obcurité, et qui vous ai tendrement pressé sur mon cœur... je suis votre bon génie, votre ange tutélaire... Mes craintes étaient simulées... je voulais m'emparer de votre imagination, vous rendre heureuse en cédant à la violence de mes désirs... Je puis aussi facilement disposer du sort de Géréon, que transformer en palais magnifique ou en demeure sépulcrale l'appartement que vous occupiez... J'ai reçu des mains de la nature tout ce qui plaît aux femmes sensibles, et la fortune me fournit les moyens de m'assujettir les prudes... Je ne devrais certainement avoir besoin ni des avantages de la première ni des encouragemens de la seconde pour cueillir dans vos bras, incomparable lady, cette fleur dont la perte ne saurait affaiblir la puissance de vos appas, mais dont le doux larcin suffit à ma félicité. Vous tenez de ma générosité plus que la vie; j'ai fait épargner les jours de votre frère et conserver ceux de votre amant. C'est un de mes agens qui l'a transporté chez M. Kingtly, afin qu'il fût soigneusement pansé... Parmi les instrumens dont se servait Géréon pour s'assurer de votre jolie personne, se trouvait un ravisseur des plus madrés et des plus audacieux que je connaisse et que je salarie; il a proposé au moine de vous héberger, et vous a conduit dans un hermitage situé au bout d'un chemin qui mène à ma ferme... Je suis l'arbitre de votre sort commun... vous pouvez être à lui ou à Hémandel; mais avant, j'exige que vous soyez à moi... Selon votre docilité, je me montrerai plus ou moins favorable à vos inclinations... rendez-moi heureux un moment, je vous rends pour toujours à votre bien-aimé, et j'immole, sous vos yeux vengés, le coupable Géréon... Prononcez... »

Aussitôt, elle remplit l'air de ses cris, arrose la terre de ses pleurs, parle le langage éloquent de la candeur et de la vertu... Onelly en est plus belle, Hattsell plus avide de jouissances... Il se précipite sur elle, découvre ses charmes, voit à la lueur des éclairs, une gorge semblable à celle de Phryné (46), se sent embrasé de tout le feu dont l'atmosphère est surchargée, veut la violer tandis que le tonnerre gronde sur sa tête criminelle; mais elle se dégage et montre la légèreté d'Atalante... Il la poursuit, se heurte contre un arbre; le cri de la douleur fait tourner la tête à Onelly... A peine est-elle à seize pas du séducteur, que les nues enflammées éclatent effroyablement; l'air paraît en feu, la foudre tombe sur l'arbre contre lequel Hattsell s'est blessé... Onelly éprouve une frayeur mortelle... Dès qu'elle a repris ses sens, elle jette sur le lord des regards inquiets, et ne voit plus qu'un monceau de cendres inanimées!...

CHAPITRE XXXIX.

Géréon apprend la fuite de milady Gloritz ; il en instruit les parens de cette jeune personne, et retourne à Londres. — Il épouse secrètement Catherine.

Dès que Géréon s'aperçut de la fuite d'Onelly, et qu'il eut observé qu'elle avait été méditée et favorisée par une personne capable de le tromper aussi artificieusement, il ne se crut plus en sureté, quoiqu'il fût dans la maison d'un complice. Pour en tirer une vengeance éclatante, il transmit des renseignemens exacts sur cette affaire au père de la jeune lady, afin que celui qui venait de la soustraire à l'exécution de ses projets de viol et d'impudicité ne pût jouir long-temps du succès de son entreprise téméraire.

Le cénobite reprit la route de Londres, se reprocha ses crimes, et plus encore ses ménagemens envers sa captive, sentit l'aiguillon des remords, se promit bien de tenir désormais une conduite plus régulière, et ne renonça cependant point à l'espérance scélérate de faire tomber un jour l'objet de sa passion dans des embûches auxquelles cette intéressante créature ne saurait échapper par l'intervention d'aucune force humaine.

Rentré dans la ville, il prit plus de précautions que jamais pour n'être pas reconnu, eut soin de ne plus sortir que la nuit, et, ne voulant point s'exposer à d'imminens dangers pour satisfaire le plus impérieux des besoins physiques, ayant d'ailleurs intérêt d'associer à sa destinée une personne sûre, il épousa secrètement, sous le nom de Sweetly, sa gouvernante crédule.

CHAPITRE XL.

Onelly rencontre deux chasseurs. — Ils la conduisent dans une ferme.

ONELLY regarda la destruction d'un homme qui menaçait sa vertu comme l'effet de la céleste vengeance; mais Hattsell avait rassuré ses esprits effrayés, dans le cabinet où le meurtrier de sa tante, l'ennemi mortel de son amant, l'artisan de tous ses malheurs, devait l'immoler à sa lubricité... Cet inappréciable service affaiblissait en elle l'horreur que lui avait d'abord inspiré la passion effrénée de ce lord, trop puni par la foudre. D'ailleurs, elle n'avait plus rien à craindre de sa part, et le moine pouvait encore creuser de nouveaux abymes sous ses pas tremblans...

Des coups de tonnerre très-fréquens rompaient le fil de ses réflexions, portaient l'effroi dans son ame, et semblaient manifester un Dieu dont le courroux survivait au châtiment du coupable...

Le vaste silence de la nature succéda au fracas majestueux de l'orage; un vent léger vint rafraîchir l'atmosphère et agiter de son haleine les feuilles des arbres. La jeune lady n'osa plus chercher à sortir du parc fatal; chaque rameau était pour elle un sujet de terreur dès qu'il éprouvait quelque secousse, et tout bruit dont elle ne pouvait se rendre raison ressemblait, dans son imagination épouvantée, à la marche du moine qu'elle croyait à sa poursuite. Elle passa ainsi la nuit dans des alarmes continuelles. Au crépuscule, Onelly profita de la faible lueur qui l'éclairait pour gagner un chemin public. A peine fut-elle libre qu'elle se livra à ses souvenirs et n'osa plus continuer la route dans laquelle le hasard l'avait mise. La crainte d'être rencontrée par des voleurs ou de tomber de nouveau entre les mains de Géréon arrêtait ses pas chancelans. Une haie très-épaisse se présenta à ses regards timides; elle profita de son ombrage hospitalier, dans l'intention d'y attendre l'heure à laquelle les travaux champêtres appellent le laboureur à sa charrue. La fatigue appesantit ses paupières échauffées... des chasseurs vinrent jouir du même abri. Leur conversation animée troubla son repos; elle les écouta attentivement, et entendit tout ce qu'ils disaient: c'était un père qui s'entretenait familièrement avec son fils. Onelly saisit avec joie cette occasion de se faire des protecteurs contre le cénobite, à qui elle pensait ne pouvoir échapper pour toujours sans une sorte de miracle.

Je vous prie, dit-elle, de pardonner à une infortunée qui implore votre appui contre un assassin dont elle a pensé être la victime...

Miss, répondit le père, il me sera doux de vous obliger... Vous désirez sans doute retourner chez vos parens?

— Oui, monsieur; mais si vous daignez m'y accompagner je tremble pour vos jours, et ma perte est inévitable si je m'y rends seule : l'homme dont j'aï à me plaindre est capable de commettre tous les crimes pour consommer mon déshonneur...

— Quel est ce monstre? miss; à quelle famille appartenez-vous?

— Monsieur, c'est Géréon... je suis la fille du lord Gloritz...

— Géréon!... s'écrie l'inconnu en jetant les yeux au ciel!... le célibat autorisé par une religion!...

— Quoi ! cet exécrable moine dont on parle tant? dit l'adolescent qui avait gardé le silence jusqu'alors...

— Précisément, mon fils, c'est ce malheureux, qui, après avoir enfreint les lois sacrées de la nature en prononçant des vœux que la raison improuve et que Dieu condamne, n'a plus rien trouvé de respectable sur la terre...

Le jeune homme se tait, soupire et fixe sur Onelly des yeux attendris. Le père la conduit dans une ferme, où il la recommande d'une manière particulière; ordonne de ne la confier qu'à lui-même, revient à Londres avec son fils, et l'envoie chez lui prévenir qu'il ne rentrera qu'après avoir procuré au lord Gloritz le plaisir d'embrasser l'objet de sa tendresse paternelle.

CHAPITRE XLI.

La jeune lady est rendue à sa famille par le vertueux Oley.

LE chasseur trouva le lord Gloritz dans la désolation, son fils dans l'inquiétude, et Adolphe dans une sorte d'égarement, occasionné par la fièvre du désespoir. Un sentiment doux succéda à tant de peines, quand ils reconnurent le célèbre Oley dans l'homme qui venait les visiter avec une physionomie riante que n'altérait point leurs tristes regards.

Je viens, leur dit-il, vous donner des paroles de consolation, d'encouragement, de joie, de félicité.

Chaque mot qu'il articulait opérait un changement sensible dans leurs personnes, et soutenait leur curiosité, qui craignait que les faits ne répondissent point à l'heureuse gradation de son discours.

— Un hasard, comme il en arrive peu dans la vie, me procure l'ineffable avantage de tarir vos larmes amères, et de vous rendre l'objet de vos plus chères affections. La vertueuse Onelly, toujours digne d'elle-même et de vous, sera ce soir sous le toit paternel.

Le vieux lord fondait en larmes à ce récit; Hémandel avait les yeux enflammés, et Georges voulait aller sur-le-champ chercher sa jolie sœur. Le bienfaisant Oley les conduisit de suite à la ferme où il l'avait laissée.

En la voyant, Adolphe semblait douter de son bonheur; le père embrassait sa fille avec précipitation et saisissement, comme s'il avait redouté de la perdre encore; son frère la pressait contre sa poitrine et jouissait de la joie commune. Onelly pouvait à peine suffire à tant d'impressions diverses, aux sensations les plus vives, agglomérées, comme pour lui faire oublier en un seul instant tout ce qu'elle avait souffert depuis son cruel enlèvement. Oley, au milieu de ce tableau de famille, ressemblait à un génie réparateur des maux enfantés par la perversité humaine.

Toutes les circonstances qui avaient suivi le rapt, tous les détails de la conduite de Géréon, tous les dangers qu'Onelly avait courus après avoir accepté avec une confiance aveugle la protection d'Hattsel, la mort terrible de ce libertin, les frayeurs de la jeune fille, sa fuite mal assurée et la rencontre inattendue du respectable émule de Tillotson (47); tout fut rapporté et précisé avec une éloquence ingénue qui répandait un charme indicible sur la narration, et transportait le père, le frère, l'amant, le libérateur, sur le théâtre de chaque scène, rendue présente par l'intérêt que l'on mettait à dire et à entendre des choses d'une telle singularité, que l'on ne savait s'il fallait admirer davantage les vertus de l'héroïne, la force des passions de ses deux ravisseurs, ou le secours merveilleux des événemens qui avaient concouru à la préserver des pièges du moine et de la violence du baron.

On revint à la ville avant la nuit. Onelly, le lord Gloritz et Adolphe montèrent dans une voiture bien close. Pendant tout le voyage, la jeune lady tenait son père d'une main et avait l'autre dans celles de son amant, qui fut guéri ce jour-là. Ils observaient le plus profond silence, comme si leur conversation eût pu les trahir et occasionner un troisième rapt, ou plutôt parce qu'il est des situations où le cœur concentre les sentimens dont il est rempli, et n'a, pour exprimer ce qu'il éprouve, que des pulsations précipitées.

Georges et Oley, parfaitement armés, escortaient le carrosse, qui arriva sans obstacle à la maison du lord.

On fit au ministre les remerciemens expressifs de la plus sincère reconnaissance; ce digne pasteur les salua avec modestie, et se retira, le cœur rempli de ce contentement épuré qui est la récompense des bonnes actions.

CHAPITRE XLII.

Géréon dans son ménage. — Sa cupidité lui fait commettre de nouveaux crimes. — Mort du célèbre Sidney. — Le moine passe en France avec sa femme.

Depuis son mariage, Géréon était dégagé de cette surabondance de force physique qui, pendant son célibat, avait donné à ses passions une activité funeste, à ses écrits une acrimonie condamnable, et à toute sa conduite une teinte de férocité que son caractère avait prise dans la solitude du cloître.

Son épouse passait avec lui des jours heureux, et les nuits avaient pour le cénobite la rapidité des eaux du fleuve de la félicité. La flamme dévorante de ses remords s'éteignait insensiblement, et de sa plume sortait quelquefois de ravissantes peintures des vertus privées, qui le ramenaient au sein des jouissances délicieuses que la nature offre de sa main bienfaisante à l'homme digne de ses dons.

Les partisans de la cour ne trouvèrent plus dans les pamphlets de Sweetly cet intérêt de faction, cette énergie de la haine, ces provocations furibondes qui lui avaient mérité la protection du duc d'Yorck et les libéralités du prince. Il perdit tout-à-coup ses abonnés, et ne fut plus cité apologétiquement par les journaux des torys, qui lui reprochèrent d'abandonner leur cause par pusillanimité, si des motifs plus répréhensibles ne refroidissaient pas son zèle....

C'était au moment de la convocation du parlement, à Oxford, et au milieu des alarmes répandues à dessein de rendre odieux à la nation les noms respectables du duc de Monmouth, des lords Grey, Russel, Hampden et du comte d'Essex, que la calomnie accusait de vouloir changer la constitution et soulever la partie occidentale du royaume : tous leurs crimes consistaient dans une opposition courageuse à l'extension des prérogatives du pouvoir exécutif.

Le moine profita de ces circonstances pour relever sa réputation dans le parti ministériel, et n'être pas exposé à la misère qui le menaçait depuis qu'il ne proscrivait plus avec acharnement les membres les plus recommandables de l'opposition.

Voulant se faire pardonner ses dernières brochures, il poursuivit le fils du comte de Leicester, le vertueux Sidney, pour avoir pris part aux guerres civiles du dernier règne, rappela qu'il avait été nommé l'un des juges de Charles Ier, et l'accusa de conspirer contre le gouvernement. Les mensonges du libelliste, dit Burnet, firent une impression profonde, et la franchise, la loyauté, le courage, les connaissances étendues du lord, son aversion solemnellement manifestée pour l'usurpation de Cromwel, furent effacés de la mémoire de ses concitoyens ingrats. On arracha ce seigneur à ses douces habitudes, aux travaux de son cabinet; le roi oublia les services qu'il avait rendus à l'état dans son ambassade auprès de Christian V (48).... Il fut mis au nombre des hommes dont la perte était jurée. On instruisit aussitôt son procès. Un seul témoin osa le charger; ce fut le lord Howard, délateur salarié. Le jury, quoique composé en violation de la loi, qui voulait que ses membres fussent des gens de fief, paraissait craindre d'enfreindre celle qui exigeait deux dépositions. Le moine leva astucieusement la difficulté, il prétendit que les pièces trouvées chez Sidney équivalaient à plusieurs témoignages, si elles ne pouvaient pas être produites à sa décharge. *Elles plaçaient la source de l'autorité souveraine dans le consentement du peuple, louaient la résistance à la tyrannie, et prouvaient que le gouvernement libre est préférable à la monarchie* (49). Leur dépouillement fit adopter l'avis de Sweetly et envoyer à la mort le Socrate de Londres.

Tous les amis de la justice versèrent des larmes sur la tombe de cet intrépide défenseur des droits du peuple. Sa condamnation plaça Charles II au nombre des plus affreux tyrans, et fit en peu de temps la fortune de Géréon. On s'abonna de toutes parts à ses productions vénéneuses; mais, fatigué du métier de libelliste, il emporta l'argent qu'il venait de recevoir pour un semestre, et passa en France avec sa femme, qui n'avait aucune connaissance de cette escroquerie, et qui d'ailleurs détestait la profession de son mari, depuis les malheurs de Sidney.

CHAPITRE XLIII.

Surveillance paternelle. — Promenade des deux amans. — Leur générosité.

LES nouveaux dangers qui venaient de menacer l'innocence virginale de la sensible Onelly la rendirent si chère à son père et à son amant, qu'ils n'osaient plus la laisser sortir, même en plein jour, sans qu'elle fût en nombreuse compagnie. Hémandel ne la quittait pas dès qu'elle mettait le pied dans la rue : le vieux lord ne s'offensait point de ce tendre intérêt de la part d'Adolphe, en qui il reconnaissait beaucoup de vertu.

L'extrême licence des mœurs, que les déréglemens du roi et les débauches des courtisans avaient mise à la mode, faisait craindre au lord Gloritz que la grande beauté de sa fille n'éveillât les passions de quelque favori du monarque, et qu'il ne devînt plus difficile de la préserver de piéges tendus par un corrupteur comblé des dons de la fortune et enhardi par la certitude de l'impunité, que de la garantir des embûches qui pourraient encore lui être dressées par le moine, toujours obligé de prendre les plus scrupuleuses précautions pour sa propre sureté, et à qui il manquait d'ailleurs cette opulence indispensable aux libertins fameux.

N'éprouvant point pour sa sœur un sentiment aussi vif et aussi délicat que celui dont le cœur de Pylade était embrasé, Oreste, entraîné par la fougue de son tempéramment et la force de ses habitudes, allait aux spectacles, fréquentait ses connaissances, se livrait à ses plaisirs avec autant d'empressement et d'assiduité qu'il en avait montrés jusqu'alors.

Hémandel, menant une vie fort sédentaire, sur-tout depuis la visite rendue au lord Poodbie et la retraite prudente de sa bien-aimée, se trouvait fréquemment avec elle dans le jardin, où il lui faisait les plus sincères protestations d'un attachement inviolable. Elle y répondait avec une ingénuité qui peignait la candeur de son ame, et donnait à Adolphe l'avantage d'apprécier sainement l'effet qu'il produisait sur ses sens.

Un jour, tandis qu'ils se promenaient ensemble, se croyaient seuls ou ne pensaient pas qu'ils pussent être vus, le lord Gloritz les observait avec la dernière attention, afin de bien connaître leur commune sagesse. La conversation des amans paraissait animée, leurs caresses ne blessaient pas la décence, leur satisfaction était complète, leur accord parfait, et leurs jouissances avaient ce charme inexprimable que la nature répand sur tout ce qui obéit à la loi du plaisir sans profaner le culte de la vertu. Ils portaient de temps en temps les yeux sur un couvreur qui réparait la couverture d'un temple situé auprès de leur promenade. Un coup de soleil éblouit ce malheureux, il tomba dans la rue voisine; le bruit de sa chûte et les cris des passans annonçaient qu'il devait avoir le corps fracassé. Onelly, effrayée, s'évanouit dans les bras d'Adolphe; il la soulagea avec une réserve qui enchanta le vieillard. A peine fut-elle remise de son saisissement, qu'ils revinrent simultanément au logis pour charger un domestique de porter des secours au blessé. Le même soir, Hémandel alla chez cet artisan, dont il consola l'épouse, qu'il trouva dans la désolation, les larmes et le deuil, au milieu de petits enfans qui pleuraient amèrement leur soutien. La mort s'était emparée de sa victime trois heures après le funeste accident qui avait troublé le bonheur de deux amans vertueux, et ravi à la société un de ces hommes utiles dont l'existence, entièrement consacrée au travail, est trop souvent comptée pour rien.

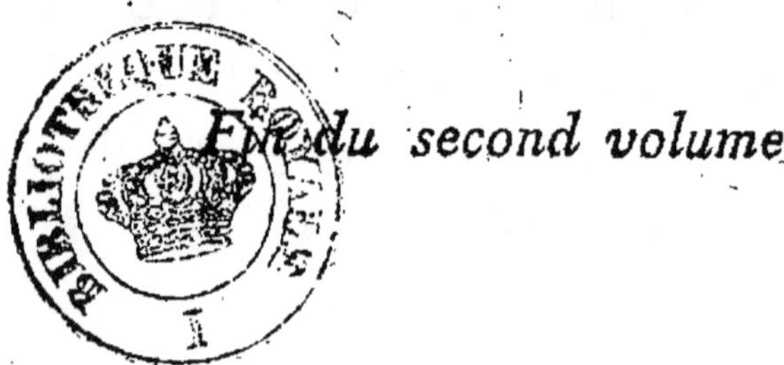

Fin du second volume.

www.ingramcontent.com/pod-product-compliance
Lightning Source LLC
Chambersburg PA
CBHW070848030726
47504CB00005B/1261

9782019189389